AF485768

TRES MEDALLAS UN DESTINO

NATALIA GIAGNORIO

TRES MEDALLLAS UN DESTINO

Natalia Giagnorio

TRES MEDALLAS UN DESTINO

Natalia Giagnorio

amazon

Copyright©2022, Giagnorio Natalia

©1996 - 2022 Amazon. com, Inc. o afiliados

Todos los derechos reservados

www.amazom.com

Kdp.amazon.com

Giagnorio, Natalia Noeli
Tres medallas, un destino/ Giagnorio Natalia. - 1.ª
Edición. - Argentina, Entre Ríos, Paraná 2022

Primera Edición: Julio 2022.
ISBN: 9798836843656
Sello: Independently Published
Copyright©2022, Giagnorio Natalia
© 1996 - 2022 Amazon. com, Inc. o afiliados
Todos los derechos reservados
www.amazom.com
Kdp.amazon.com

Copyright ©Giagnorio Natalia, 2022.
Todos los derechos reservados.

Derechos de Autor ©Giagnorio Natalia, 2022.
No se permite la reproducción total o parcial de este libro, ni su incorporación a un sistema informático, ni su transmisión en cualquier forma o por cualquier medio, sea este electrónico, mecánico u otros métodos, sin permiso previo y por escrito del autor, a quién es el titular de la propiedad intelectual.
La historia que contiene este libro es una obra de ficción. Los nombres y los personajes son frutos de la imaginación de la autora. Cualquier parecido con las personas reales, vivas o muertas es pura coincidencia.

Título original: Tres medallas, un destino

<u>Indice</u>

Agradecimientos

Este libro, resurgió de una idea de mi hijo. Una tarde de verano, me miró y dijo: «Mamá, te gusta el título tres medallas y un destino»

Quedé pasmada, el nombre era original, y pensé, «¿cómo pueden surgir grandes ideas de la mente de un niño de 8 años?» Y como ya estaba trabajando en esta historia, desde el inicio, la idea estaba plasmada en una gran historia de fantasía, ficción y misterio, a la cual le faltaba su nombre, y aquella idea de mi niño, fue como decimos aquí, en Argentina «Como anillo al dedo»

Así que esta historia, va dedicada a él, Theo, mi gran amor, la personita que cambió todo mi mundo, el día que me enteré de que iba a ser mamá.

Espero que algún día, todas estas obras den su fruto, y que él, se sienta orgulloso de mí.

Con mucho amor y cariño, esta obra va dedicada a ti, mi pequeño Theo.

Prefacio

La vida, esta llena de sorpresas, y muchas veces te reúne con personas que ni conoces, en el lugar menos esperado.

Tres personas diferentes, con diferentes dones, destinados a un mismo destino.
Una leyenda, que puede cobrar vida, a causa de la ambición y el egoísmo de una mujer.

Presentación

Dos jóvenes, un protector, tres maneras diferentes de ver la vida, tres dones que le fueron otorgados como medallas

Un encuentro, poco casual, los convierte en guardianes de una leyenda guaraní, que puede despertar, después de décadas de la mano de una joven bruja, la cual solo busca poder.

Tadeo, **Theo** y **Tobías**, vivían en diferentes ciudades y se conocieron en Puerto Iguazú, Misiones, Argentina. Cada uno de ellos, era un ser especial, cada uno, guardaba un secreto.

Serían cautivados y engañados, por una sensual muchacha, que solo quería obtener el poder que ellos poseían, estaba dispuesta a conseguirlo a cualquier precio para despertar a **BOI**, y convertirse en un ser inmortal.

Capítulo 1

Puerto Iguazú, Misiones, Argentina, era el verano del año 2017, Theo, había llegado al hotel Iguazu Jungle Lodge, donde se hospedaría por una semana con un grupo de amigos.

Theo, era un joven muy amigable, ordenado, tranquilo y solidario, siempre estaba dispuesto en ayudar a los demás; pero ocultaba un gran y oscuro secreto.

Eran las 9 de la mañana, hacía una hora que había llegado al hotel, y como prometió llamar a su madre apenas llegará a Puerto Iguazú, así lo hizo.

—Mamá, te llamo para avisarte que llegamos bien. Aunque ya lo debes saber. El lugar es hermoso, predomina mucho verde, hay mucho paisaje, no sé como no lo visite antes —le comentó Theo, a su madre.

Su madre, al otro lado de la línea, le pidió que disfrutara su estadía, que se portara bien y que no se metan en problemas, también le pidió que no dejara huellas ni rastros. Entre otras cosas, le pidió que por nada del mundo perdiera o se quitara su medalla, porque allí, era tierra sagrada e iban a descubrir lo que realmente era.

—Es en serio, no seas tan mala onda, ¿quién va a descubrir lo que soy? —preguntó Theo, de manera irónica.

—Es tierra de caciques, no seas tan distraído. Aún quedan algunos con vida —le recordó su madre.

—¡No, no lo haré, mamá! Ahora estoy desempacando y en un rato vamos al bar a desayunar con los chicos. Te mando un gran abrazo —y se despidió de su mamá.

Theo, desempacó sus cosas y las guardó ordenadamente en el guardarropas. Cuando desempaca, se encontró con la carta que su abuelo le había dedicado cuando había cumplido 18 años. Aunque ya había perdido la cuenta de las veces que había cumplido 18 años. Pero al fin, ese año cumpliría 21 años.

Tocan la puerta y sale atender. —Hola ¿qué necesitas? —pregunto Theo, con su voz pausada y tranquila.

El chico, de gafas negras, cabello negro con mechones grises, esbelto y delgado dice: —Soy Tadeo, esta es mi habitación.

Theo, asombrado y algo preocupado dice: —No creo que esta sea tu habitación. Reservé con unos amigos hace tres meses, y me dieron la habitación 108.

Sale al corredor y le enseña el número de la habitación.

Tadeo, se baja las gafas de sol, mira el número de bronces en la puerta y dice: —¡Uh! Lo siento, supongo que me equivoqué, creí que era la 108 era mi habitación.

Tadeo, mira el pequeño número en la llave que poseía en sus manos y exclama: —¡Mierda! La 109 es mí, habitación. Estoy sin dormir, estuvimos tomando alcohol todo el camino hacia aquí. Ya no veo nada.

—No hay problema —manifestó Theo— Tu habitación es la de aquí enfrente ¡Fue un gusto, Tadeo!

Tadeo, voltea hacia atrás y mira la puerta 109 y exclama: —¡Qué idiota soy!

Saluda a Theo, con un apretón de manos y dice: —¡Gracias, chico con cara de cajero bancario!

Theo, suspiró y dice: —No hay problema, por cierto, me llamo Theo.

—¡Ok! Cuando quieras salir a divertirte, Theo, solo golpea la puerta —dijo Tadeo.

Ambos chicos ingresan a sus habitaciones cerrando la puerta detrás de ellos. Pero los dos, habían percibido algo extraños el uno del otro.

Luego de tener todo ordenado, Theo, se cambia de ropa y se encuentra en el bar con sus amigos.

Cuando iba llegando al bufete del hotel, a un chico que pasaba se le caen las llaves. Theo, las levanta del brilloso parquet y dice: —¡Espera! Se te han caído las llaves.

El muchacho, voltea a mirarlo, se detiene y dice:
—¡Gracias, amigo! —y quedó mirando a Theo, muy fijamente.

Lo que le llamó la atención a Tobías, el joven dueño de las llaves, fue la medalla que colgaba del cuello del buen samaritano. Parpadeó, y tuvo una visión, aquel rostro, se le hacía familiar, fue como un dejabú, pero no era la primera vez que le pasaban cosas así, hasta que recordó y preguntó:
—¿Báthory Ioan?

Theo, voltea y dice: —¿Perdón? ¿Dijo Báthor?

Tobías, vio la medalla de San Benito que colgaba del cuello del muchacho, entendió que era un símbolo de protección o que estaba bajo un hechizo y dice: —Disculpa, me equivoqué. Te confundí con un antiguo amigo, Báthory Ioan.

Theo lo mira, se sonríe y dice: —Soy Theo Báthory. Ioan, era mi tatara abuelo.

Theo, sintió el ser de Tobías, pudo leer y ver casi toda su historia. Eran iguales.

Tobías, le da la mano y dijo: —Es un gusto, Theo. Me llamo Tobías. Conocí a tu tatara abuelo, creí que era el último que quedaba de tu familia. Y por favor, no vuelvas a leer todos mis pensamientos, invades mi privacidad.

Él no podía dejar de mirar la medalla de oro negro. Era una medalla invaluable y muy antigua. Conocía aquella medalla y a quién le había pertenecido.

Theo se ríe y dice: —Sí, lo sé, no volverá a suceder. Yo consideré que éramos los únicos, pero creo que me equivoqué. A mi padre lo mataron, hace unos doscientos años atrás, solo me queda mi madre, pero ella es mitad humana. ¿Es profesor de historia?

Tobías, quedó boquiabierta y no sabía como seguir aquella casual conversación y dice: —Así es, soy profesor de historia, entre otras tantas profesiones. Fue un placer, y gracias por mis llaves. Y la verdad, te le pareces mucho. Es como revivir un mal pasado.

Recordó a Ioan Báthory, un muy, muy antiguo amigo, que había conocido en Rumania y con quién tuvo un enlace muy importante, pero con quién habían tenido una gran disputa por una doncella. Desde aquel entonces, aquel vínculo se rompió.

Tobías, era unos años más grande, que Theo y Tadeo. Eso aparentaba su forma exterior para el resto del mundo. Pero en realidad, tenía muchos siglos por encima.

Tobías, era un hombre muy atractivo, de cabello negro y lo usaba hasta los hombros, ojos color celestes, su contextura física era bien marcada; trabajaba como bibliotecario en su ciudad natal, entre otras tantas carreras que había adquirido durante tantos años y conocimientos inimaginables.

En su mente, quedó grabada la imagen de la medalla que colgaba del cuello de Theo; le recordó a ese viejo amor; había pasado por muchas vidas, muchos amoríos, había conocido todas las ciudades del mundo. Para él, ser esa persona que era, en verdad era un castigo. Pero aprendió a controlar su sed y sobrevivir como una persona normal, todo gracias a una anciana; a quien él, le salvo la vida. Esta anciana, poseía un don y sabía lo que era Tobías, y aun así, lo adoptó como si fuera un hijo. Aquella mujer, había sido una fiel devota, y era una conocida curandera en un pequeño pueblo al sur de Misiones.

Ella, una vez, le propuso un conjuro, para detener aquella maldición que lo perseguía, pero él, se negó. Si aceptó una medalla de protección, que era para verse normal ante el resto de las personas y poder vivir una vida medianamente natural. Cuando la anciana murió, Tobías se alejó de aquel lugar. Para ese entonces, ya habían pasado más de 270 años.

Mientras tanto, Theo, disfrutaba del desayuno, junto a su grupo de amigos. Debían esperar al guía turístico, quien iría a esa de las 11 de la mañana a recogerlos, para ir enseñándoles el lugar.

—¡Llegó el alma de la fiesta! —se escucharon gritos y aplausos, que provenía de una de las mesas, y se visualizaba a un muchacho alto, quien vestía remera azul y una bermuda negra, de anteojos negros y un cigarro en una de sus manos. Los ocupantes de la mesa, le festejaban y este, más monadas hacía para su pequeño público.

Una moza se acercó al grupo de chicas y chicos que estaban a los gritos, y al parecer, le mostró a Tadeo, el cartel donde decía «**Prohibido Fumar**»

—¡Qué gran idiota! —expresó uno de los amigos de Theo.

Theo, reconoció al festivo muchacho, y bajó la mirada, para evitar que este, lo reconociera. No quería pasar vergüenza.
A lo lejos, Tadeo, reconoció a su vecino de habitación, se pone de pie y grita: —¡Theo, amigo! ¡Ven, te presentó a los chicos!

Uno de los acompañantes de Theo, pregunta: —¿Conoces a ese payaso?

Theo, levanta la vista y lo saluda a lo lejos y murmura:
—Se llama Tadeo, lo conocí al llegar. Es mi vecino, su habitación está frente a la mía. Después les cuento bien ¡Shh! ¡Ahí viene!

—¿Es una reunión del Banco Nación? —preguntó Tadeo, bromeando, y le da una palmada en el hombro a Theo, y le susurró— Sé lo que eres, amigo mío, pero no voy a decir nada, tu secreto está a salvo conmigo.

Theo, lo miró y arquea la ceja y dice: —No sé si creerte. Eres un chantajista y ladrón. Usas tus poderes de psíquico para chantajear a las personas.

Tadeo, sonríe y se encoge de hombros.

—Chicos, les presento a Tadeo. Mi vecino de habitación — lo presentó Theo, ante el grupo— ¿Que cuentas? Nosotros, esperando al guía, para ir de excursión.

Tadeo, toma una silla de la mesa de al lado, que estaba desocupada, se sienta con ellos y dice: —Nosotros igual. Así que iremos todos juntos, si estoy yo, tienen la fiesta asegurada.

Los amigos de Theo, lo miran y no acotan ni una palabra, ya que no era buena la primera impresión que les había dado. Y para ellos era un petulante.

Con una amplia sonrisa en su rostro, Tadeo, le pregunta al grupo. —¿Son un bufete de abogados? Tienen pinta de serlo.

Uno de los amigos de Theo, Leonel, dice: —Yo, sí, bueno, aún no me recibí. Me quedan unas dos materias. Theo se recibió hace unas semanas de Ingeniero, Marcelo, está cursando el profesorado de filosofía y Víctor, buen, él está a medio paso de recibirse de ginecólogo, ya está haciendo su tesis —y no pudo evitar reírse al decir esto.

Víctor, miró a su amigo y pregunta: —¿Por qué siempre te ríes cuando comentas que estoy estudiando para ser ginecólogo?

Leonel hace un gesto y se encoge de hombros.

—Bueno, al menos va a conocer muchas chicas —acotó Tadeo.

—¿Y tú, Tadeo? ¿Qué nos dices de ti? —pregunta Theo, de manera irónica.

Tadeo se sirve de una medialuna, y dice: —Parecen inteligentes, vamos a jugar una apuesta, si adivinan mi profesión, haré lo que ustedes quieran, si pierden, irán conmigo a un bar a beber unos tragos. Pero Theo, queda fuera del juego.

Theo, se ríe a carcajadas y acepta el trato, quería verlo actuar y ver

Víctor, suspiró y dijo: —¡Trato hecho! —y le da un apretón de mano — Comenzaré yo, eres un artesano o algo de eso, con mucha suerte, y ganaste el viaje con estadía completa.

Tadeo, mira a un lado y a otro, frunce el ceño y lanza una carcajada: —¡Viejo, que imaginación la tuya! No, no soy nada de eso ¿Quién más arriesga?

El resto de los chicos, estaban pensando y Tadeo, comenzó a imitar el ruido de un reloj: —¡tic, TIC, tic, TIC! Se les acaba el tiempo.

Leonel lo mira de reojo y dice: —Eres único hijo, tus padres son millonarios, eres un holgazán, adicto a las drogas, y como no te soportan en tu casa, te mandaron aquí, para deshacerse de ti por unos días.

Tadeo, se saca las gafas de sol, abre los ojos bien grandes, demasiado sobreactuado, se asombra, se tapa la boca con una mano y dice: —¡AU! Eso dolió ¿Qué, tan mal me veo, que me hacen parecer a un artesano, y ahora un adicto?

Los chicos meneaban su cabeza de un lado a otro, como afirmando.

—¡Se equivocaron! Esta noche son míos y van a conocer lo que es salir de fiesta —expresó Tadeo— Y para su información, soy economista, sé, que por mi forma de ser no lo aparento, crecí en un seno familiar humilde, mi padre era albañil, y mi madre limpiaba casas. Estudié, y aquí estoy. Disfruto de cada día, y les doy, y me doy los gustos en vida, cosas que no tuve cuando fui un niño.

Los amigos de Theo, quedaron sin palabras y se disculparon con él. Se sintieron culpables por juzgar mal a Tadeo, por su loca modo de ser.

—Eres astuto —murmuró Theo.

Pero en realidad, Tadeo, no era nada de lo que les había hecho creer. Era astuto, mentiroso, la verdad era otra. Tenía un poder de convencimiento ante otras personas, y ese poder, lo adquirió una noche, cuando le robó a un coleccionista, apenas tenía 8 años de edad, y se apropió de una rara medalla que llevaba siempre con él.

Él, sabía que aquella rara medalla tenía algo mágico, podía leer los pensamientos de las personas y convencerlos de hacer o decir cosas sin su propia voluntad.

Tobías, llevaba una vida «De la casa y la pesca», (como dicen en argentina, era un ladrón). Él, siempre soñó, con la idea de averiguar si aquella medalla que poseía, era un gran motín millonario y sí existían otras como esa, pero sacaba ventajas de su gran don para su propio enriquecimiento personal.

Estaba en Puerto Iguazú, no por vacaciones, sino observando el manejo de los hoteles, que para esa época del año, estaba repleta de turistas extranjeros, que traían dólares. Y su modus operandi, era controlando la mente de sus víctimas.

Tadeo, era un apuesto muchacho de 25 años, quién se crio con su padre, un cazarrecompensas, su madre era una bailarina de cabaret, y juntos trabajaban en equipo.

Aquella vida, de mentiras, trampas y falsas identidades, fue todo el mundo que conoció. Su padre, siempre le decía que él, era una persona débil, y él, quería demostrarle a su padre que estaba equivocado.

Theo, y su grupo de amigos, siguieron su desayuno, y no dejaban de mencionar lo mal que se sentían por juzgar mal, aquel supuesto pobre y amigable muchacho.

Theo, oía a sus amigos, y sentía ganas de gritarles y contarles que aquel, no era más que un mentiroso impostor.

Tadeo regresó con el grupo de chicos y chicas que había conocido en el ómnibus. Los cuales eran unos años menor que él, por su energía y su alocada forma de ser, era la típica persona que encajaba en todos lados.

<u>Capítulo 2</u>

El guía se retrasó con el horario y llegó cerca de las doce del mediodía.

Fueron a dar una de las primeras excursiones, la cual consistía en visitar la Selva Iryapu. El traslado solamente era de unos 15 minutos.

Tadeo se sentó al lado de Theo, y ese poco transcurso de tiempo le contó algunas cosas de su vida.

THEO. —Perdona, pero no puedo dejar de pensar como les hiciste creer que eras un economista.

TADEO. —¡Lo sé! Pero tú, eres el menos indicado para juzgarme, eres una chupa sangre, y te haces pasar por un chico normal.

THEO. —Sí, lo sé. Pero no me alimento de seres humanos, sino de animales ¡Que te quede claro! Y soy cientos de años más grande que tú, así que deberías respetarme.

Tadeo miró a Theo y dijo. —¡No, jódeme! ¿Eres hijo de Esmeralda Petrov?

THEO. —SI, deja de leer mi mente, es molesto.

TADEO. —Amo cada libro de ella, tengo casi todos, es una genial del misterio, y perdona, no es por ofender, pero tu madre, parte la tierra.

THEO. —Sí, es vergonzoso. ¡Ahórrate los comentarios! Esmeralda, rompe los prototipos de la madre tradicional, en todos los sentidos ¡Esa mujer, a veces es un caos! Y no eres el primero que me lo dice. Mis amigos, son fans de ir a mi casa en verano, y ver a mi madre tomando sol ¡En verdad es muy vergonzoso!

TADEO. —¡Dios, son unos suerteros! Ella, ¿es como tú, de tu especie?

THEO. —Algo así, no soy un alien. No vuelvas a decir "especie"

TADEO. —Lo siento.

THEO. —¡Está bien!

TADEO. —Fui a una presentación de tu madre, pero no llegué a tener la suerte de que autografiara mi libro.

THEO. —¡No te preocupes Voy a pedirle a mi madre que te mande un libro con una dedicatoria!

TADEO. —¡Gracias, Theo! Que pequeño es el mundo, aquí sentado junto al hijo de una de mis escritoras favoritas, y encima eres algo que creía que eran leyendas. Eres muy considerado.

THEO. —¡No hay porque agradecer! Hasta me empiezas a caer bien. Hablando de Roma.

Suena el móvil de Theo, era una videollamada de su madre.
THEO. —¡Hola, mamá!

ESMERALDA. —¿Cómo van las cosas por allá?
THEO. —¡Bien, estoy muy bien! Ahora vamos directo a una excursión a conocer la Selva Iryapu, justo en este momento.

Tadeo se aprovecha de la oportunidad para saludar a Esmeralda.

TADEO. —¡Hola Señora Petrov! Soy Tadeo, soy un gran admirador suyo. Usted es una genio.

ESMERALDA. —¡Gracias, Tadeo! Disculpa, ¿eres un nuevo amigo de mi hijo?

TADEO. —Digamos que algo así. Nos conocimos en el hotel.

Theo, interrumpe y dice: —Mamá, ya llegamos. Luego te llamo y te cuento todo lo que quieras saber ¡Adiós!

Se despiden y bajan del bus. El lugar era hermosísimo, el paisaje era selvático natural. El guía, les iba comentando que allí, todavía, vivían comunidades guaraníes. Y que los conocerían en la extravagante aventura en bicicleta que los esperaba.

—¡¿Qué?! Nadie mencionó una excursión en bicicleta ¡Ni siquiera traigo jogging! —gritó una muchacha al final de la fila.

La chica de cabello algo rubio y largo, de cara afinada, vestía jeans, una remera escotada que dejaba al descubierto su esbelta voluptuosa figura, y sandalias con taco chupete.

Theo, se movió un poco para ver quien era, y allí lo ve. La chica, era la más linda de las que estaban en el grupo de aquel tour. Él, quedó cautivado por ella. La muchacha notó que él, se quedó como tonto, mirándola, levanta su mano tímidamente y lo saludo.

Recorrieron el paisaje y las calles de aquella reserva en bicicleta. Cada tanto hacían una parada para aquellos aficionados a la fotografía.

Theo, iba junto a su grupo de amigos y Tadeo, quien no les perdía pisada.

En un momento de la excursión, Niska casi cae de su bicicleta y Theo la ayudó a no caer. —¡Estuviste cerca de caerte! — comentó él.

—¡Gracias! —le agradeció ella— Eres todo un caballero. Me llamo Niska —se presentó y lo saludo con un apretón de manos.

—Es un placer, Niska —dijo él— Me llamo Theo— ¡Así que no empacaste ropa deportiva!

Ella se ríe y dice: —Empaqué ropa deportiva, pasa que soy un poco distraída. Olvide por completo de mirar mi guía, allí está claramente detallado los horarios y las actividades ¿Eres de aquí, de Argentina? Lo pregunto porque tienes un acento diferente.

Mientras iban haciendo aquel paseo, aprovecharon para conversar un poco.

—¡Estas en lo cierto! No soy de aquí, aunque hace unos años nos mudamos con mi madre, por motivos de trabajo
—comentó él— Para ser más preciso, hace 8 años que vivimos en este país ¿y tú?

—Yo nací aquí, no precisamente aquí, en Misiones —dijo ella, y sonrió.

—¡Comprendo! —dijo él.

—Y exactamente ¿dónde naciste? —preguntó ella— No te ofendas, te ves diferente al resto, es tu postura, y tu porte, pareces de esos príncipes de película.

Theo, agachó la mirada, se sintió avergonzado, no le gustaba alardear con su título de Conde. —¡Nada de eso! Me recibí hace poco de Ingeniero —afirmó él.

Niska, se mordió el labio y dijo en forma de broma. —¡Eres todo un "cerebro"! ¡Te felicito! Nunca fui buena para el estudio.

A Theo le causó mucha gracia la cara de Niska, lo contaba de manera muy natural y despreocupa su mala relación con los estudios y dice: —Así que... ¿A qué te dedicas? No debes responder si no quieres, disculpa por ser tan descortés— se disculpó con ella.

Niska, comenzó a reírse a carcajadas y dice: —¡Me has hecho reír! Pareces mi bisabuelo hablando así ¿de qué época eres?

Ella, observaba la reacción de él. En verdad, sabía lo que era, y en su interior se reía, no podía creer lo ingenuo que podía llegar a ser el Conde. Y ese juego le gustaba, ella llevaba ventaja, ya que él, no podía leer su mente. Lo miró a los ojos muy dulcemente y le dice: —Estaba bromeando — tocó su mano, y era fría como el hielo— Trabajo en una veterinaria, soy peluquera canina.

Theo, observó a los amigos que lo llamaban y muy amigablemente le susurró —Creo que me llaman. Luego, si quieres podríamos ir a tomar un café ¿qué te parece?

Muy risueña ella aceptó y acotó: —Mi habitación es la 66. Solo pasa y golpea la puerta.

Theo, estaba animado, le atraía aquella muchacha, para él era una odisea, ya que no podría leer su mente, cada palabra y mirada era muy genuino.

Un grupo de indígenas, se acercó al guía, y esté, les hablaba con mucha confianza. Se notaba la confianza de aquellas personas y el vínculo de amistad que tenían.

Un anciano, susurraba algo, y tanto las personas que los acompañaban, y el guía, observaban a Theo y a Tadeo. Estos dos lo notaron y Tadeo, bromeando como de costumbre dice: —Hasta aquel anciano debe notar lo sexy que me veo sin remera.

THEO. —¡Hay, no lo creo!

TADEO. —No, no me mires así, es broma. No me gustan los hombres. Pero de seguro debe pensar que soy el muchacho más lindo que ha pasado por aquí, y sin dudas le debe estar pensando ¡Oh, una estrella de Hollywood!

THEO. —¡Ya, cállate!

El guía, se acercó a ambos chicos y dijo: —Él, dice que ustedes están maldecidos y que van a traer caos. Que su aura es mala, y que van a traer oscuridad a estas tierras. Los une el destino, pero no es un buen augurio, y que una bella mujer de encantos engañosos, los atrapará. Como una maldición. Deben evitar que BOÍ, vuelva a la vida.

THEO. —¡¿Qué, nosotros?! De seguro está equivocado. Dile que yo no tengo nada que ver con este lunático, amante de las fiestas. Y sí, si este loco sigue persiguiéndome, es obvio que estoy muerto en vida.

TADEO. —Quizás, sea una señal. En algún futuro, podré ser tu padrastro ¡¿Te lo imaginas?!

THEO. —En verdad, ya cállate o te voy a golpear.

Ambos quedan inmóviles, y el anciano, se les acercó, los observaba en silencio, luego hizo unas señas y comenzó hablar en un idioma raro.

Theo, quedado parado, frente al anciano, y como eran turistas, pensó que era una especie de broma, pero al decir la verdad, aquello no le gustaba nada.

El anciano cacique, miraba a Tadeo, y susurró algo en idioma que de seguro era guaraní.

Tadeo, se había puesto algo incómodo e inquieto, lo miró fijo a los ojos, pero aquello que solía hacer con otras personas, no resultó con aquel anciano, por lo bajo le dice a Theo: —¡Vámonos!

—¡¿Qué sucede contigo?! —le preguntó Theo a su compañero ¿Tu magia no funciona?

—¿Y la tuya, chupa sangre? —preguntó Tadeo algo molesto.

Theo, se ríe y dice. —Es imposible que vea lo que soy. Tengo una protección.

Tobías, desde lejos, ve lo que estaba sucediendo, se acercó y le dijo al cacique: —Disculpe, ellos son solamente niños, hay uno que está bajo un hechizo, y no es una amenaza, y del otro, me voy a hacer cargo. No queremos molestar, ni tampoco hacer daño. Le doy mi palabra de honor.

El anciano ignoró a Tobías, toda su atención estaba en la medalla de Theo, la observaba muy seriamente y dijo:
—«**Crux socra sit min lux, non dráco sit min dux**» (Que la Santa Cruz sea mi luz, que el dragón infernal no sea mi guía)

Tadeo susurró a su nuevo amigo. —Dicen que a los dioses se les dejan ofrendas, quizás, él, quiere eso, dejarte a ti, como una ofrenda, para sus dioses.

Theo, aterrado, miro a Tadeo, aquella situación ya no le agradaba, tenía ganas de salir corriendo.

El hombre levantó la vista y arqueó la ceja, muy suave y pausadamente dijo. —«**Tuguypyteha**» (vampiro) —y dirigiéndose a Tobías, agregó— Esto no es para ninguna ofrenda, niño. No saben lo que poseen y el destino que tienen. Tú, cosechas cosas malas, pero tu aura, no es tan mala como crees, en el fondo, eres bueno y sufres. Debes encontrar tu equilibrio.

TADEO. —¿Habla castellano? ¿Por qué no lo mencionó desde un principio?

Theo, miró a su nuevo amigo frunció el ceño y añadió.
—Acepte mis disculpas, Señor, la verdad, no sé que trata de decir, yo no soy una mala persona. Únicamente somos dos adolescentes y turistas, nada más.

El anciano miró a Tobías, quien se acercó y dijo: —No debe preocuparse, yo me haré cargo. Solamente, confié en mí.

Theo, miró a Tobías, en su mirada, estaba molesto. —No necesito un niñero —le reprochó— Puedo cuidarme solo.

Tobías, resopló y le retrucó. —Yo no soy niñero de nadie. Eres igual a tu bisabuelo, un ególatra. Y por más medallas que tengas, a personas como él, no puedes engañarlo.

En cuanto a Tadeo, escuchaba como ambos discutían, y parecía estar disfrutando aquella escena, miró fijamente a Tobías, este le dio una palmada en la espalda y le susurró.
—Conmigo no te va a funcionar tu juego de hipnosis. Ahora, mi trabajo es averiguar quien eres y cómo conseguiste ese don. Tu sangre es normal, no es de linaje como la mía. Y tu poder de psíquico no te nació de la noche a la mañana.

Tadeo quedó parado de espaldas a Tobías, apretó su puño, le molesto la manera en la que Tobías le había hablado.

Estaba enojado, pero a la vez, se controlaba para no demostrar miedo. Aquel sujeto, sabía su verdad, su secreto. —¡Qué mierda! —murmuró Tadeo, y acotó— Yo no te tengo miedo.

Tobías, da media vuelta y dice: —Soy como un superior para ti, eres un niño malcriado e impulsivo. Deberías respetarme, luego hablaremos de esto, solo tú y yo.

—Tadeo, el anciano te va a sermonear y querer engatusar —dijo Theo— No le hagas caso a lo que te diga, te quiere intimidar.

El anciano, observaba la situación, les sonríe y le dice a Tobías. —No es coincidencia, es su destino, y tu trabajo es controlar la oscuridad. Tus largos años de condena, te han enseñado a comprender, a tener moral y dignidad, y eso no es poco. Es mucho, para un hijo de la muerte. Voy a decirte algo, ten mucho cuidado con la muchacha, ella es el peligro.

Theo, le pregunta por lo bajo a Tobías. —¿De qué hablan?

Tobías, le dijo al anciano. —Tengo un pesado trabajo por delante, por lo que usted me dice, y por las visiones que tengo.

Sin más que decir, el anciano se aleja de ellos, pero antes de marcharse, señala a Theo y le dijo: —Pytú

TADEO. —¡Genial! Ese viejo está loco, lo que sea que tome o fume de la pacha mama le ha afectado la cordura.

THEO. —Odio decirlo, pero estoy de acuerdo contigo.

Después del mal momento. Tobías, se alejó de los muchachos, ya tendría la oportunidad de hablar con ellos, pero aun así, los mantendría vigilados.

Parte de la excursión, era pasar la noche en un hotel, en medio de la selva.

Los amigos de Theo, preguntaron como iban a hacer para compartir habitaciones. Hicieron un sorteo. Las habitaciones más grandes contaban con tres camas, ellos en total eran cuatro, pero ahora debían incluir a Tadeo.

THEO. —¿Por qué no pedimos dos habitaciones, con dos camas? Yo voy a compartir cuarto con Víctor. Y tú Marcelo, compartes el cuarto con Leo.

LEO. —¿Y qué hará Tadeo?

THEO. —¡¿Qué hará Tadeo?! Pedir un cuarto para una sola persona ¡¿Qué me miran?! Él, llegó exclusivamente, no con nosotros.

VÍCTOR. —Podemos incorporarlo al grupo ¡Me parece un tipo superdivertido!

—Y no te olvides, Theo, que lo conocimos por ti —le recordó Marcelo.

—¡Chicos! —interrumpió Tadeo— ¡No soy invisible, estoy aquí!

THEO. —¡Ya lo sabemos! Está bien, hagamos un sorteo y lo incluimos.

TADEO. —¡Gracias, chicos!

THEO. —Eres como un perro callejero, que le das cariño, no puedes quitártelo de encima y lo terminas adoptando.

MARCELO. —Pero la morajela es, que a ese perro, como tú dices, lo terminas apreciando como si lo conocieras de toda la vida.

Theo, miró a su amigo y revoleó los ojos de un lado hacia otro y resopló.

Al final, los grupos quedaron conformados por Theo, Tadeo y Marcelo; y por el otro lado Leo y Víctor.

Estaban cenando en el hotel, y Tobías, no dejaba de observar la mesa donde estaba Theo y Tadeo. Los estaba vigilando muy de cerca.

Tadeo, lo observaba de reojo, y le molestaba su presencia allí. Mientras tanto, en su mesa, Tobías, estaba cenando, y estudiaba su bitácora, quería averiguar que era BOI. Allí, tenía viejas fotos de Ioan, de cuando eran amigos, y una vieja foto de la mujer que rompió aquella amistad. No tenía hijos ni nada que se le pareciera, y ahora tenía que lidiar con aquellos dos muchachos intolerantes.

—No deja de observarnos —le comentó Tadeo, por lo bajo a Theo. Y mientras bebía su copa de vino, no le bajaba la mirada desafiante.

—Sí, ya lo sé —dijo Theo— Sabe que estoy leyendo su mente, y lo extraño es que me ha dejado. Puedo ver la imagen de una mujer en una fotografía. Se me es familiar.

—¡Hola, chicos! Mi laptop esta sin batería Theo, y olvidé ni cargador en el hotel, soy una tonta ¿No tienes un cargador que me puedas prestar? —dijo la joven rubia, quien se acercó a la mesa de los chicos.

Theo sonrió al ver a Niska y dijo —Yo olvidé mi cargador, también. Pero puedo prestarte mi laptop. No voy a usarla— comentó él.

—¡Gracias! —le agradeció ella —Eres muy considerado.

Theo, abrió su mochila e iba a prestarle su computadora portátil, pero Tobías los interrumpió.

Tobías, levanta la vista de su bitácora, y mira a la mesa y dice: —¡Maldición! Es ella.

Él, se levanta rápido de su lugar y va hacia la mesa de los chicos, debía evitar el contacto entre ellos. Y su prioridad era ver, si esa joven, era la que el anciano le había mencionado. Interrumpe y dice: —Señorita, no pude evitar escuchar, tome, yo le presto el mío. Mañana me lo devuelve.

Niska, lo mira de arriba abajo y de una manera muy sensual le agradece.

Theo, frunce el ceño, y dice. —¡Es una broma!

Tobías lo ignora y regresa a su mesa. Theo, aprovechó a que ella estaba allí y la invitó a tomar un trago. Ella aceptó aquella invitación.

Eran las dos de la madrugada, Tadeo, estaba disfrutando del silencio de aquel sitio y bebiendo una cerveza. Quedó pensando en el anciano y en como le había mentido a los amigos de Theo. Aquellos muchachos confiaron en su palabra, y él, solo mentía una y otra vez. Aquel grupo de chicos, eran buenos y lo integraron a su grupo como uno más y como si lo hubieran conocido de toda la vida. Supuso para sí mismo que su padre, en cierto modo, tenía razón, era débil.

Theo, lo sorprende y le dice: —¿Te ocurre algo?

TADEO. —Solo estoy suponiendo en lo que dijo aquel viejo loco ¿Qué tal te fue tu cita?

THEO. —¡Bien! Yo, igual, me quedé pensando en aquel viejo ¿Qué nos habrá querido decir aquel anciano?

TADEO. —No lo sé ¿Qué puede unirnos a nosotros?

THEO. —Solamente nos une el que somos personas diferentes al resto. Ambos podemos leer los pensamiento y manejar a las personas. Pero yo jamás voy a morir, en cambio, tú, si morirás.

TADEO. —Tienes toda la razón, de todo lo que veo y todo lo que puedo oír, no puedo ver mi muerte, veo la de cada persona a la que me cruzo diariamente, pero no la mía.

Theo, le da una palmada en la espalda y dice. —Yo sí puedo ver tu final. Pero si puedo evitarlo, lo haré, no te dejaré morir. En tres días es mi cumpleaños.

TADEO. —¡Lo sé! ¿Cuántas veces has cumplido 21 años?

Theo se ríe a carcajadas y exclama. —¡Creo que esta es la trigésima vez!

—Debe ser difícil para ti —comentó Tadeo— Lo digo, porque debe ser difícil enamorarse, y tener amigos. Ellos van creciendo y envejeciendo y tú...

—Sí, es por eso que nos mudamos cada tanto. Pero trato de mantenerme en contacto con las personas que pasan por mi vida, así sea por medio de cartas —dijo Theo—

—La verdad, no me gustaría estar en tus zapatos, pero tengo curiosidad —comentó Tadeo.

Theo, apretó su medalla, y dice: —A veces, eso es lo que me cansa de esta eternidad.

—Por curiosidad, exactamente ¿cuántos años tenés? —le preguntó Tadeo.

—Ya perdí la cuenta, pero para ser sincero, tengo 390 años. Nací en el año 1627, en Rumania —comentó Theo.

—¡Es sorprendente! Has vivido muchas cosas, y has pasado por muchos acontecimientos históricos. Me llama mucho la atención y me pregunto ¿qué se sentirá saber que jamás vas a morir? —dijo Tadeo.

Theo, agacha la cabeza, miro al suelo y suspiro, pero fue muy sincero y dijo —Viví muchas cosas, desde la fiebre amarilla y muchas pestes más, conocí personas increíbles, que ahora viven en mi mente. Estuve en la guerra, y jamás olvidaré el día en que me aliste, Esmeralda estaba disgustada y muy asustada. Y en cuanto a tu pregunta, no es agradable vivir en la oscuridad. Anhelo que esto algún día se termine. Viví oculto por muchos años. Tuve mil nombres, diferentes personalidades. No es nada fácil. Y es triste ver morir a muchas personas.

—Pero tuviste una infancia eterna y feliz —dijo Tadeo.

—¡¿Infancia feliz?! Tuve varias infancias, cumplí más de 10 veces 8 años. Recuerdo que los niños de mi edad crecían, pasaban los años, se convertían en adultos. Y yo, me encontraba encerrado en el cuerpo de un niño con la mentalidad y la experiencia de un hombre de más de 100 años. Para mí, un aparte de la infancia fue buena, el resto una tragedia. No lo entenderías, nuestra evolución es diferente y compleja de explicar —comentó Theo, y acepta un cigarrillo que Tadeo le ofreció.

—¿Recuerdas a cada persona, fecha y lugar donde los conociste? —preguntó Tadeo.

—Te va a sonar algo muy loco, y un poco lunático. Pero llevo conmigo una bitácora, me la regaló mi bisabuelo, por allá, por los años 1700, fue un regalo de uno de sus viajes. Allí, anotó cada persona maravillosa que conocí. Desde el nombre, parte en que los conocí, sus fechas de nacimientos y las de su muerte. La llamo "la bitácora de mis personas favoritas"
—comentó él y sonrió. Su mente recordó algunos de aquellos rostros. La sacó de su mochila y se la enseñó a Tadeo.

Tadeo estaba fascinado, era toda una reliquia, miles de historias, miles de vidas, de personas que ya no están y que algunos siguen vivos. Y preguntó. —¿Algunos de ellos, aún viven?

—¡Obvio que si! Algunos viven, y los más viejos deben tener ahora unos 80 años —dijo Theo.

—¡Comprendo! —dijo Tadeo— Entonces, mi nombre irá escrito aquí, algún día.

Theo, lanzó una carcajada y dijo: —Podría ser, pero jamás te dije que me caías bien.

Tadeo, frunció el ceño, y se reía, se rasca la cabeza y dice. —¿Cuál es la finalidad de tu medalla? Porque en verdad no puedo descifrarla.

THEO. —Sí, la tiene. Fue un regalo de uno de mis ancestros. Con ella, puedo moverme libremente entre ustedes. Es una protección ante la plata y el sol.

TADEO. —Es una medalla de San Benito, los fieles la usan como protección. No sabía que ustedes podían utilizarla, o que les sirviera para tales cosas.

—Voy a llamar a mi madre —dijo Theo— Quiero contarle como me ha ido, luego iré a dar un paseo ¡Que descanses!

—¿Piensas ir vestido así? ¡Sobre gustos no hay nada escrito! ¡Nos vemos mañana! —expresó Tadeo.

Theo, seguía con hambre, pensó en salir a dar una vuelta y recorrer aquella selva a altas horas de la madrugada. Quizás, encontraría alguna presa.

Theo, se encontraba solo, en el sendero de aquellas padreras selváticas.

Sentía que alguien lo observaba. No le dio importancia, y siguió metiéndose más en el corazón de la selva.

Mientras tanto, Tadeo, abandonó el hotel, no podría conciliar el sueño, y salió a recorrer un poco aquel lugar.

A lo lejos, le pareció ver a una muchacha, parada al borde del río. Llevaba un bello vestido celeste, y por la iluminación de la luna y la tela transparente, dejaba ver su sensual figura. Le llamó su atención que aquella joven, estuviese sola a esa hora.

Se acercó hacia la muchacha y le gritó: —¡¿Te encuentras bien?!

La joven se dio vuelta y lo miró, no le respondió. Él, se acercó, cuando estaba a un paso detrás de ella, esta cae al agua. Él, estiró su mano para ayudarla, pero esta desapareció.

Quedó allí, parado, mirando al agua, esperando, pensó que había salido a nadar, pero ella, no regresó y pensó para sí mismo: —Creo que estoy borracho y ya veo visiones.

Escuchó un gruñido detrás de él, se dio media vuelta y había un gran jaguar a punto de atacarlo.

El animal se le abalanzó, el, intentaba defenderse, y por un instante, supuso que aquel era su fin, pero este, fue salvado por Theo, quien le dio un gran golpe al animal y por instinto, lo tomó del cuello y lo mordió, se levantó, se sintió mareado, pero aquella le gustaba, esa sensación al beber sangre lo mantenía vivo; el animal intentó atacar nuevamente y Theo, por su instinto, se pone en posición de ataque. Una gota de sangre, rodeaba su boca, se toca, y sintió el espeso y caliente líquido. Le atraía, su sensación de hambre se iba desvaneciendo.

Tadeo, asustado, al ver aquello, salió corriendo espantado y herido. Era la primera vez que un animal salvaje lo atacaba, no lo vio venir, y lo peor, fue ver a su nuevo amigo en acción.

El jaguar, daba un paso de un lado hacia otro, y Theo, hacia los mismos movimientos. Cuando estuvo al borde de morder al animal nuevamente, se escuchó un grito: —¡No lo hagas, detente!

Se escuchó un gruñido aterrador, y Tobías, espantó al animal.

Theo, se para erguido, miraba a Tobías y dice: —¡Lárgate de aquí!

—Como quieras, pero si sigues, mañana será primera plana en los periódicos "Animales Mutilados", y tú, serás el responsable —dijo Tobías.

Theo, lanzó una carcajada y dijo. —¡¿Crees que me importa?!

Tobías, gira un poco su cabeza y lo observa por sobre sus hombros. Era inútil para él, comenzar a discutir con una persona como el conde.

A mitad de camino, mientras regresaba al hotel, Tobías, se encuentra con una persona en medio de la carretera, se acerca, y reconoce a Tadeo.

—¡Hay no! ¿Y a este qué le sucedió? —dijo en vos alta. Lo tomó entre sus brazos y lo llevó con él. El muchacho, estaba inconsciente.

Al otro día, al despertar, Tadeo, se sentía mareado, abre los ojos y mira muy lentamente hacia un lado y hacia otro.

—Hazme un gran favor, Tadeo, lávate la cara y desayuna —dijo Tobías— Quiero que me respondas algunas preguntas, cuando estés consiente.

Tadeo se sienta en la cama, y al reponerse, vio a Tobías, sentado en un sillón, leyendo el periódico. Hace lo que le pide.

Tadeo se sienta frente a él y pregunta: —¿Qué estoy haciendo aquí? —miraba su antebrazo, buscaba la gran y profunda herida que el jaguar le había hecho. Y lo curioso, es que ambos brazos estaban totalmente sanos, sin raspones ni heridas.

Tobías, arquea su ceja y responde: —Estás en mi cuarto. En un rato hay que reunirse todos en el hall para ir a La oripuca ¿Qué recuerdos tienes de anoche?

—Tengo visiones, pero son imágenes poco claras —murmuró Tadeo— Anoche, me atacó un jaguar, por suerte, Theo me defendió, pero... mi herida, ya no está, era muy profunda.

—Yo la arreglé ¿De dónde sacaste esa medalla? —preguntó Tobías — Ya lo sé, de todas maneras quiero oír la verdad de tu boca.

—Si ya lo sabes, para qué me preguntas —dijo Tadeo, desafiante.

—No juegues conmigo, ni con mi paciencia —dijo Tobías— Obviamente no sabes lo que eres, en lo que te has convertido por poseer esa medalla que no te pertenece. Tienes un gran don, pero lo malgastas en tonterías, úsalo para algo útil e instruirte.

—¿En qué me convertí? No creo que sea una amenaza. Solamente puedo leer las mentes de las personas, y sí, sacó un poco de provecho de ello. La gente se desespera, y a veces, tiene curiosidad de saber que les va a destinar el futuro. Es un trabajo. —comento Tadeo.

—Esa medalla, le perteneció a un mago, es muy poderosa, pero su antiguo dueño era un ambicioso que solo quería poder y obtener vida eterna. A quien la posee, le da el don de convertirse en un gran psíquico, pero tarde o temprano, esa avaricia te va a consumir. Tu alma es débil, y la medalla lo huele, como si tuviera vida propia. Tienes el poder de manejar a las personas mentalmente, ¿no te has preguntado a qué se debía? —comentó Tobías —No te hagas el inocente, a mí no me puedes engañar.

Tadeo, se rasca la cabeza y dice: —¿Tú, eres un vampiro, verdad? ¿Cuántos años tienes?

—No te imaginas cuantos —dijo Tobías.

—Ya leíste mi mente. Pero ese poder, lo tengo desde que fui con mi padre, y le robamos a un coleccionista. Vi la medalla, en una vitrina, y sentí que me llamaba. La tomé, y desde ese día, empezó a leer los pensamientos de las personas, lo que pensaban. Me llevó años aprender a manejarlo —dijo Tadeo— ¿Qué sucedió anoche? No puedo recordar nada.

—Quiero que no le digas esto a nadie —susurró Tobías— Te voy a estar vigilando. Y de ahora en más vas a obedecer mis órdenes si no quieres morir ¿Anoche? Te encontré tirado en medio de la carretera. No sé, si fue por la cantidad de sangre que habías perdido o si alguien te hizo algo.

—Como usted diga —dijo Tadeo— Pero tengo una pregunta, ¿ahora soy como una especie de ser inmortal?

Tobías, frunció el ceño y dijo: —No, no eres como nosotros, solo eres un simple mortal. Pero eres especial, si es lo que deseas escuchar.

Tadeo quedó en silencio y estuvo reflexionando. —Le doy mi palabra que no voy a cometer ningún error, Señor —y se paró frente a Tobías y le dio un apretón de mano.

—Puedes ir con tus amigos —y movió su cabeza, indicando hacia donde estaba la puerta.

Tadeo regresó a la habitación que compartía con Theo, para buscar su maleta, y no pudo evitar oír la conversación que él tenía con su madre. Se paró detrás de la puerta a oír todo.

THEO. —Mamá, necesito contarte algo y hacerte algunas preguntas.

ESMERALDA. —Hijo, ¿te sucedió algo?

THEO. —Estamos todavía en la Reserva Iryapú, en un rato vamos a conocer La Aripuca y luego nos llevarán a conocer algo así como Güira Oga. Pero ayer, me sucedió algo extraño. Se nos acercó un cacique, a Tadeo, el chico que conocí aquí, y a mí. Me observó de pies a cabeza, miró la medalla, y me dijo que era un ser oscuro, pensé que esto iba a funcionar, también nombró algo así como BÍO. Pero luego llegó un hombre, que conocimos aquí, se llama Tobías, y habló algo con el anciano.

ESMERALDA. —Hijo, ese tal Tadeo no es una amenaza, pero dijiste Tobías, nombraste a un tal Tobías. Quiero que me cuentes como es él.

THEO. —Lo conocí porque me confundió con mi bisabuelo, con Ioan, según él, eran amigos. Es profesor de historia, aparenta tener unos 27 años, no más, creí que éramos los únicos.

—¡Maldita sea! —gritó Esmeralda— Espero que ese sujeto no busque venganza sobre ti, por un pasado que tuvo con Ioan —dijo ella

El teléfono estaba en alta voz, Esmeralda, se puso inquieta y comenzó a preocuparse. Theo, escuchaba la preocupación y el enojo de su madre y dice: —¡Mamá! Todavía estoy aquí. Y puedo cuidarme solo, no tengo 21 años realmente, que no se te olvide.

ESMERALDA. —¡Lo siento mucho, mi bebé! Escucha, no hay nada que temer. Ese tal Tobías y Ioan, tuvieron una gran pelea, por una mujer, ambos se habían enamorado, y ella, eligió a Ioan. Para el día de tu cumpleaños, estaré allí, en Misiones. Para festejar tu cumpleaños. Disfruta de tus vacaciones. Mami, estará allí en dos días.

THEO. —Mamá, en serio. No es necesario que vengas hasta aquí. Te veré luego. No quiero verme avergonzado frente a mis amigos.

ESMERALDA. —No importa, nada más iré a pasar el día contigo y luego regresaré.

THEO. —¡Mamá, te lo dijo en serio, no vengas!

Enojado, cortó la llamada.

Tadeo, ingresa a la habitación y dice: —¿Puedo pasar?

—¡Sí, pasa! —susurró Theo y dijo —Escuchaste todo, ¿verdad?

—Solamente un poco —manifestó Tadeo, le da una palmada en la pierna a su nuevo amigo y le dice —No te preocupes, pensaré en un plan para ese día— y le guiña un ojo— ¡Vámonos, ya deben estar casi todos en el hall!

Capítulo 3

Estaban todos esperando para salir viaje a Oripuca. La camarera del lugar, gritó: —¡¿Hay alguna persona que se llame Tobias?!

Todos se dieron vuelta a mirar. Tobías, levanta la mano y dice: —Si no hay otro Tobías en la sala, pues entonces soy yo.

Se acercó al mostrador, tomó el teléfono, mientras oía a la mujer al otro lado de la línea, observaba a Theo y Tadeo, que conversaban con el grupo y dijo: —Esmeralda, al fin puedo oír tu voz, esperaba tu llamada, de hecho ya me lo imaginaba. Voy a estar cerca de él, y lo voy a proteger. No tengo malas intenciones de venganza, por un pasado de hace cientos de años, no soy como Ioan. Hay algo extraño aquí, y debo averiguar de que se trata. Según el anciano, dice que hay una mujer, hay una tal Niska, hay algo en ella que no me gusta —enfurecido, colgó el teléfono porque Esmeralda se había puesto irritable y le gritaba, de manera

Niska, se acercó a Tobías, lo mira y le dice: —¡Aquí tiene su cargador! ¡Gracias! ¿Le sucedió algo?

A Tobías, no le agradaba para nada Niska, quería leer su mente, pero le era imposible. y le dice. —Nada que te incumba niña. —Y entre dientes murmuró— Al final en estas vacaciones, creo que me voy a convertir en el niñero de dos adolescentes.

Subieron todos al micro, eran un total de 20 personas.
El guía, al subir, les fue comentando que era La Oripuca y de qué se trataba.

Tadeo, levanta la mano y pregunta: —¿Vamos a pasar la noche allí?

—No, no —dijo el guía— Estaremos unas horas, podrán recorrer el lugar y tomar algunas fotos, luego iremos a otro lugar y para eso de las 19 horas, regresaremos al hotel. Esta noche el hotel, los va agasajar con una gran fiesta y barra libre.

Todos aplaudieron y festejaban de alegría.

Entonces, en el camino, el guía, les contó, que la aricupa, lleva el nombre de un arma artesanal que los guaraníes usaban para cazar a sus presas.

—Disculpa —dijo Niska— ¿Allí, vamos a encontrar un arma de esas?

—¡Correcto! —dijo el guía— Allí, hay una, van a poder ver como era. Allí les contaremos como la utilizaban y siguió contando, que en aquel punto, se iban a encontrar con indígenas, que venden sus productos artesanales y artesanías.

Theo se ríe y le dice a Tadeo: —Espero que no nos encontremos con algún viejo loco allí.

—¡Ja, ja, ja! —pensé lo mismo, dijo Tadeo— Hablando de cosas raras, anoche me sucedió algo realmente loco.

Se detiene el autobús, habían llegado a Aricupa. El sitio era muy lindo, todo hecho de madera, era como un cuento para niños. Iban hacia el ingreso e iban muy parlanchines. Tobías, quien venía detrás de ellos, a paso lento, los oía con mucha atención y no podía dejar de creer que aquellos dos, eran solo niños, los veía divertirse y bromear como cualquier chico de su edad.

Niska, quien iba observando a Tobías, desde hacía muchas horas le dice: —¿Estás solo?

Tobías, miró a Niska a los ojos, e intentó leer sus pensamientos, pero era en vano, y le dice: —Si, pero no me molesta.

Ella, lo mira y dice: —Nada, solamente creía y me preguntaba como un hombre tan hermoso está solo, aquí, este hermoso paraje.

Tobías, la ignoró y se alejó de ella.

A unos pocos pasos, los chicos seguían con su conversación.

—¿Qué te pasó? Al final no nos contaste que te pasó anoche, estoy intrigado —pregunta Marcelo bastante insistente.

Les voy a contar, dijo Tobías—Anoche, salí a caminar, y en la orilla del río, vi a una hermosa chica, llevaba un vestido casi transparente color celeste, que dejaba al descubierto su hermosa figura.

—Ya imagino como termina la historia —interrumpió Leo — Te la ligaste, no quiero saber como tuviste sexo a la orilla del río.

Tadeo, le da un golpe en el brazo y le dice: —¡No, no seas tonto, nada de eso! Le pregunté si le sucedía algo. No me respondió, se dio medio giro y me miró, luego se arrojó al río. Quise atraparla, para evitar que cayera al agua. Cuando me acerqué, ya no estaba, era como si se la hubiera tragado la tierra. O más bien, la hubiera tragado el agua.

Los chicos quedaron boquiabiertos mirando a Tadeo. Víctor, tragó saliva y murmuró: —¡Ya basta! No me gustan esas cosas ni de broma. Me aterran.

Tobías, se pone de pie junto a los chicos y les dice:
—Seguro fue Yasí Ratá.

Los jóvenes miraron a Tobías, y este, saluda a Theo, y luego a Tadeo.

—¡Hola, profesor! —lo saludó Theo, irónicamente.

—¡Hola! —lo saluda Tadeo y murmuró —Ahora es profesor.

Al decir aquello, mentalmente, Tobías algo le decía a Tadeo. El guía se les une y preguntó muy animado:
—¿Alguien dijo Yasí Ratá?

—¡Sí! —respondieron a coro los muchachos y señalaron a Tobías.

—Yasí Ratá, es una leyenda —comentó el guía y le pregunta a Tobías— ¿Usted conoce la historia?

Tobías, afirma, y se ruborizó.

Niska, dice: —Yo no la conozco ¿Podría contarla para todos?

Mientras ingresaban, el guía, tuvo el placer de narrar aquella historia., para todos los que formaban parte de la excursión. —Yasi Ratá, nació con un mal incurable, amaba los astros, desde pequeña quería la luna y vivía ella.
Cuando la luna parecía, la enamorada se vestía con las mejores galas y pasaba la noche entera en celeste idilio con el astro. Un días, Yasi, desesperada de vivir tan lejos de su celestial amante, decidió ir en su busca. Subió a uno de los árboles Más altos, y desde él, tendió los brazos para que el astro la recogiera. Pero fue inútil.

Tadeo y Niska, no paraban de reírse, ante el relato del guía. Este, los miró y muy serio interrogó: —¿Puedo continuar? —Y siguió su relato— Llego a un lago de aguas limpias. Se miró en ellas y vio su imagen reflejada al lado de la luna ¡Era un milagro! Se arrojó a sus brazos, pero la imagen se desvaneció y las aguas se cerraron sobre ella, cubriendo para siempre su imposible sueño. Tupa, el Dios del bien de los guaraníes, compadecido de aquel gran amor, la transformó en Irupé, con hojas de forma de disco lunar y que miraba hacia lo alto en procura de su amado ideal. De noche cierra sus pétalos cubriendo las manchas de sangre de sus heridas, pero cuando la luna aparece, las abre y todavía platica con ella.

Todos, quedaron en un absoluto silencio, y Leo le susurró a Tadeo, por lo bajo. —Entonces tuviste un encuentro paranormal con esa tal Yasi Ratá, la niña loca de la historia.

—Por la descripción de la historia, estoy seguro de que era ella —dijo Tadeo.

Al pasar la entrada, se encontraron con un lugar muy vistoso, mucho verde alrededor, y las construcciones eran de madera. Conocieron la famosa trampa de los guaraníes. El sitio, era una reserva de aves, y la mayoría de ellas estaban en libertad.

Theo, comenzó a sentir olor a sangre, de un animal herido. Abandonó el grupo, y como una vestía desesperada de hambre fue rastreando el punto. Hasta llegar a su presa.

Los demás, estaban observando las artesanías que los lugareños vendían, hasta que Víctor notó, que faltaba Theo y preguntó. —¿Y Theo, dónde está?

Tobías, notó que Theo, no estaba y no era difícil encontrarlo, pero lo dejó. Luego su moral, le jugó una pasada, así que rastreó a Theo por su mente, y la imagen que halló, era la que había visto. Meneo su cabeza de un lado a otro, pero sabía lo que se sentía y dijo: —Voy a dejarte esta vez, de todas maneras ese animal ya no tenía cura.

Tobías, regresó con Theo al cabo de una media hora. En el camino, Tobías le dijo: —Me llamó Esmeralda.

—¿Para qué? —preguntó él algo irritado. Se para frente a Tobías y dice. —Lo vi, tú y mi madre. Es asqueroso. No se le acerque a ella.

—Bueno, pero si no hay otra elección. Quizás, se nuestro destino, ser familia. Somos pocos, debemos llevarnos bien y cuidarnos entre nosotros ¿Quién lo hará si no? —comentó Tobías.

Cuando regresaron, Niska, estaba entretenida hablando con el grupo de Theo. Antes de ingresar a lo que parecía ser un restaurante, muy sofisticado, todo a base de madera, como el resto de las construcciones, Theo, lo tomó del brazo y le dice: —¡Gracias! Pero... tengo una pregunta.

—Dime —dijo Tobías.

—¿Por qué estás tan preocupado por esa chica? No parece el estilo de chica, la cual te podría llegar a dañar, creo que Niska, no sería capaz de matar ni a una mosca —comentó Theo.

Tobías, se queda mirándola desde la puerta de ingreso y dijo: —Ella, es un lobo, vestido de cordero. Hay algo en ella, que no me gusta, no puedo leer suerte, es como si tuviera la capacidad de bloquearme.

—Entiendo —manifestó Theo— Y eso es lo que me gusta de ella. Es una caja de sorpresas, divertida y es algo inesperado lo que pueda decir. Eso me atrae.

—Ojalá me equivoque, pero nunca fallo —murmuró Tobías.

—¡Deberías relajarte un poco! —le manifestó Theo.

Niska, miró hacia la puerta y le hace señas a Theo, saludándolo. Él, se incorporó en la mesa. Y se excusó por desaparecer tan repentinamente.
Terminaron aquel mediodía allí, en Oripuca, entre risas y bromas.
Conversaron de muchas cosas, y Tobías, no tuvo necesidad de tener que estar tan en alerta.

<u>Güira Oga</u>

Cerca de las 14 horas, estaban en Güira Oga, al llegar, el calor era bastante sofocante. Niska, observaba que todos transpiraban, menos Theo y Tobías.

Tadeo, se sentía atraído por Niska, y esta lo sabía, pero había algo de él, que ella necesitaba, y luego, lo descartaría. Se le acercó, muy amigablemente y pasó aquellas en Güira Oga, de su grata compañía.

NISKA. —¿Desde cuándo eres amigo de Theo?

—¿Te refieres a Báthory?—preguntó Tadeo.

—Sí —afirmó Niska.

—A Theo, lo conozco desde hace dos días, lo conocí aquí
—expresó Tadeo— De hecho, viene de una familia muy
adinerada, es el hijo de la escritora Esmeralda Petrov ¿Por
qué preguntas por él?

—No, por nada, creí que eran amigos de toda la vida, por
como se tratan. Estuvimos hablando, es un ser muy
amigable, es todo un caballero. Jamás menciono que es hijo
de Esmeralda Petrov —dijo Niska.

Tadeo sintió un poco de celos de su nuevo amigo. Quería
persuadir mentalmente a Niska, pero no podía. Y no entendía
por qué ese don que él tenía, no funcionaba con ella.

—¿Eres de por aquí? —preguntó Tadeo.

—Me mudé hace unos cuatro meses aquí. Estoy trabajando
en el casino. Por tu cara, se nota que te gusta divertirte ¿O
me equivocó? —comentó Niska.

Tadeo se reía, se sonrojó y dice. —¿Se me nota mucho? Si
obvio que me gusta divertirme ¿Y a ti?

—Sí, a mi igual. Me gusta salir de fiestas, beber con amigos
y amigas. Lo que si, desde que estoy aquí, no conozco a
mucha gente. Me cuesta hacer amistades, y desde que estoy
aquí, la verdad, no me he divertido. Aparte, salgo cansada de
mi trabajo —comentó Niska.

—¿Eres médica o modelo? —interrogó Tadeo.

Niska, se ruborizó y dice. —No, nada de eso ¡Ojalá fuera modelo! Es mi gran sueño. Trabajo en el casino, me dieron esta semana libre, ne hice pasar como que estaba enferma. Ya sabes, para tener un tiempo para mí. Fue una mentira piadosa —se peina el cabello con la mano, coqueteando con él y acotó — Mi jefe y dueño del casino es un tacaño. Te juro, el día que consiga un trabajo mejor voy a renunciar y gritarle todo lo mal que me ha hecho sentir y lo fastidioso que es. Pero, soñar despierto no cuesta nada —dijo Niska, quién sabía a qué se dedicaba Tadeo. Y muy en el fondo, lo estaba seduciendo y sabía que él, sería capaz de cualquier cosa por ella —¿Y a qué te dedicas?

—Soy economista. Estoy de vacaciones, ¿cuál es tu sueño en esta vida? —preguntó Tadeo.

—Mi sueño es ser modelo, viajar por el mundo y ser reconocida —dijo Niska, y baja la mirada algo avergonzada.

—Sin dudas eres muy hermosa, te juro, creí que eras modelo o actriz, por eso te lo pregunté —dijo él y aprovechó para invitarla a la fiesta del hotel— ¿Quieres ir conmigo a la fiesta que dará el hotel esta noche?

—Sí, me encantaría. Ahora que lo recuerdo, quedé en ir con Theo —ella sabía que él se sentía atraído por ella— Pero si no tienes alguna novia celosa, acepto la invitación —expresó ella, con un tono de voz dulce y vergonzosa.

—¡Genial! ¿Y Theo? —dijo Tadeo y añadió— Si quieres, podrías acompañarme en alguna de mis aventuras. Suelo viajar mucho. No me costaría nada y serías una buena compañía —expresó él.

—Bueno, Theo... Digamos que es muy tranquilo, y quiero alocarme esa noche ¿Lo dices en serio, acompañarte en tus aventuras? ¿Pero mi trabajo? —interrogó Niska.

—Hablo muy en serio. Y olvídate de tu trabajo. Conozco un amigo que trabaja en una agencia de modelos en París, podríamos ir y presentártelo. Me debe algunos favores —dijo él orgullo, y creyéndose su propia mentira.

Ella le regala una sonrisa y dice. —Lo voy a pensar.

Mientras seguían la pequeña visita al lugar, Theo, observó a lo lejos a Niska y a Tadeo. Sintió un poco de bronca, porque le dejo a entender a Tadeo, que a él, le interesaba aquella muchacha. Sintió un apretón en su hombro, miró hacia atrás y era Tobías.

Con una amplia sonrisa le dice. —No seas ingenuo. Ella, es la bruja de la que tanto hablaba el anciano. Logré ingresar a su mente. Su meta somos nosotros, la razón, no la sé. Estoy trabajando en eso. Ella, está jugando con él.

—De todas maneras es un idiota. Él, puede leer mi mente y vio lo que sentí cuando la vi —dijo entre dientes Theo.

—Ella, está buscando eso, enfrentarlos. No caigas en su juego. No seas tan chiquilín —le aconsejó Tobías.

El día en Güira Oga, había quedado atrás. Ya estaban de regreso en el hotel. Al regresar, Theo, evitó a Tadeo todo lo que pudo. Tadeo, podía leer su mente, sabía que estaba fastidiado.

Theo, iba ingresando a su habitación y detrás de él, venía Tadeo corriendo y le grita: —¡Espera!

Este, mira a su derecha y aguardo.

—¿Qué quieres? Ya sé que iras con Niska a la fiesta. Sabías que la había invitado. Le mentiste, como haces con todo, como hiciste con mis amigos. Los vi, juntos, íntimamente ¿qué clase de amigo eres? —le reprochó Theo.

—¿Qué hiciste, que? ¿Nos estabas espiando? —gritó Tadeo.

—No los estaba espiando ¿recuerda que puedo ver y sentir todo? —murmuró Theo.

—¡Esto es una locura! ¡¿No puedo tener intimidad ahora?! —le reprocho Tadeo

—Bueno... no los vi... pero lo presentí. Sabes que me gusta y que iba a invitarla a salir ¿cómo pudiste? —gritó Theo.

Tadeo, ya se había enojado, por el modo en que le hablaba y le retrucó. —Y tú te crees especial por especial por ser un ser eterno. Te aclaró, no eres un Dios. Y sabes que, ella es normal, como yo, una simple mortal. Y me puedo asegurar, que serías un capaz de poder tocarla, besarla o tomarla de la mano, sin que tu demonio oculto quiera atacarla en algún momento.

Ambos empezaron a gritarse, la discusión terminó con puños, Tobías, evitó que se dieran un golpe más, bueno, más bien, evitó que Theo, lo matará.

—¡Ya basta, ustedes dos! —les gritó y los separó de un salto— Son dos estúpidos, ella está jugando con ustedes, busca esto. Ella tiene una meta, y no es nada bueno. No es una joven buena como creen. No es lo que ven.

Ambos chicos ingresaron a sus habitaciones. Mientras tanto, Tobías, quedó parado en el pasillo, entre ambos cuartos y refunfuñó. —¡Maldita sea, me la están haciendo bien difícil! Malditos enanos malcriados.

Capítulo 4

Estaban todos en la fiesta del hotel. Tadeo fue acompañado de Niska, y, por otro lado, Theo, estaba con sus amigos.

Niska, observaba de reojo a Tobías, quien se encontraba solo en una mesa, bebiendo. Cuando él, se levanta para ir al sanitario, ella, lo sorprende. Se le acercó muy lentamente y lo arrinconó, recorrió su rostro con la lengua, muy sensual, lo fue tocando muy suavemente y le susurra al oído. —No lo niegues, te gusto, no has dejado de mirarme, me atraen los hombres misteriosos como tú.

Tobías, reaccionó ante el encantador embrujo de la joven y la empujó hacia atrás y le dice. —¡Estás equivocada! Conmigo no vas a poder jugar. Sé lo que eres, y no eres la clase de mujer que me atrae. Podría ser tu bisabuelo.

Ella, se reía a carcajadas y dice. —Aprovecha a ver las últimas lunas de madrugada. Serán las últimas que vas a ver. Morirás en mis manos. Tú y tus tontos amigos, morirán entre mis manos, y seré eterna, tan poderosa e imparable. Me convertiré en una Diosa. Y haré de este mundo lo que me plasmá.

Se retira del sanitario, y mientras se iba, se reía a carcajadas.

Tobías, notó que ella, le había robado la medalla, aquella medalla que lo mantenía estable ante las personas, para evitar sentir aquella sed insaciable.

—¡Maldita bruja! —murmuró entre dientes.

Sale del baño, iba cruzando la sala de la fiesta, había muchas personas, comenzó a sentirse mareado. Intentaba respirar, pero sentía el bombeo y el olor que emanaban aquellos cuerpos. Se sentía atraído, estaba perdiendo el control. De repente, se abraza a una sensual mujer, quien le hablaba y lo llamaba por su nombre, él, se sentía mareado, solo deseaba probar el fluido de aquellas tiernas venas.

La tomó entre sus fuertes brazos, esta, se dejó abrazar, y cuando intentó clavar sus colmillos en aquel delicado cuello, no recordó más nada.

Al cabo de unas largas y eternas horas, Tobías, despertó en su cuarto, con el torso desnudo. Atado de pies y manos como si fuera a ser crucificado, se movió de un lado hacia otro, hizo fuerza y se desató una de las cuerdas.

Se sienta, y ve frente a él, a una sensual mujer, de sexy y pronunciadas curvas, que vestía una remera ajustada y muy escotada, de color rojo, y una sensual y atractiva minifalda de cuero negra, su largo cabello negro, le llega hasta la cintura. La mujer le sonríe y le dice. —Por tener cuantos... casi mil años, te ves muy bien físicamente. Theo, no mencionó que eras muy atractivo.

Resopló y sintió algo de alivio, tocó su cuello, y su medalla, colgaba de su cuello.

—¿Cómo la recuperaste? —indagó Tobías.

Esmeralda se le acerca muy despacio, se le sube a sus entrepiernas y le susurra al oído. —Las mujeres, somos muy astutas. Y para mí, no fue un trabajo difícil recuperarla, la muy tonta, la dejó en su habitación, y se fue con el psíquico. No puede olerme, como a ustedes, por ser del mismo sexo.

Tobías, sentía la suave piel, de las piernas de Esmeralda, rozar sus piernas, sintió en su torso desnudo el suave fruto de sus pechos, ardientes y jugosos, se sintió atraído por aquella mujer. Tenía la necesidad de tomarla ahí mismo, y hacerla suya.

La empuja y cambia posición, se coloca arriba de ella, la toma de las muñecas y la traba con sus piernas, para no dejarla escapar. Esmeralda lo miró, lo deseaba y comenzó a reírse, de los mismos nervios y dice. —Aunque te niegues, te tendré así, por unos cientos de años, en mi cama. Pero ya vamos a tener tiempo. Necesito que veas algo. Se saca de la fuerza de Tobías, y lo empuja haciéndole caer al suelo. Toma el periódico y se lo arroja.

Él, se acomoda se cabelló y dice —Tu hijo me lo advirtió, digo que si me acercaba a ti me iba a matar. Ahora entiendo por qué lo decía.

—Casanovas —dijo Esmeralda —Mi hijo no sabe que estoy aquí. No quería que viniese. Es una sorpresa, iba a venir para dentro de un día, me adelanté, porque te vi, vi lo que esa niña iba a hacerte. De este modo, que me mantendrás en secreto.

Tobías, lee la portada del periódico, habían robado el casino, se habían llevado una suma multimillonaria, no habría pistas, ni huellas, nada, era como si el gran motín se hubiera esfumado.

—¡Tadeo! —susurró Tobías.

Miro la hora, era media mañana, se pone de pie de un salto y dice. —Ya deben estar de camino hacia las Ruinas de San Ignacio ¿Cuánto tiempo dormí?

Pausada y muy tranquila le dice Esmeralda. —Muchas horas, dormiste como un bebé. Te voy a dar un aventón. Pero no le digas a mi hijo que estoy aquí.

Tobías, se cambia de ropa, notó que Esmeralda, no le quitaba la mirada de encima y le dice. —¿Podrías voltear la mirada, mirar hacia otro lado?

—¡No, no quiero! —le respondió ella —No voy a ver nada que ya no haya visto, y se reía.

Él, se tuvo que reír. En verdad, Theo, no habría exagerado en nada acerca de su madre.

Cuando iban de camino, Esmeralda le narró a Tobias, la leyenda de **BOI**. Y le dijo. —Esa chiquita, quiere despertarlo, tomar el poder de mi hijo, por su sangre y linaje, es de los más poderosos que quedan, y ya a estas alturas, sabe todo lo que necesita, el psíquico, fue embrujado para hablar, le contó todo. Y tú, tú serás su sacrificio. Es por eso que está aquí. Ahora que logró sacarle verdades y mentiras, se va a deshacer de él —meneo su cabeza de un lado a otro y resignada añadió— No puedo creer que los hombres, ante un acara bonita y un buen cuerpo, sean capaces hasta de vender a su madre.

Tobías, bastante confundido dice. —Consideré que BÍO, era solamente una leyenda guaraní.

Esmeralda resopló y dice. —Yo suponía que eras más inteligente, saco de músculos sexy. No, no es una simple leyenda, es nuestro padre, Satanás, Lucifer, BÍO, llámalo como quieras. Si él despierta, todo aquello que conocemos, desaparecerá, incluyéndonos, si nos negamos a obedecer. No nos conviene que despierte. Este mundo es nuestro hogar ahora. Vivimos tranquilos, sin preocupaciones. Nadie sabe que existimos y no nos molestan. Yo no quiero que se esfume mi mundo.

—Estoy de acuerdo contigo —vociferó Tobías— Hay que detenerla y matarla en lo posible.

Ambos, quedaron en silencio, para Esmeralda, era algo vergonzoso y colocó música.

Tobías, la observaba de reojo y dice. —Eres más humana de lo que supuse.

Ella, se encoge de hombros y le dijo. —Soy mitad humana, y mitad vampiro.

—¿Qué significa? —preguntó él.

—Que yo puedo dar vida —dijo ella, muy alegremente.

—¿Vida? —preguntó él, algo desorientado.

—Si, como oíste, vida. Un bebé, los vampiros mujeres no pueden engendrar, de hecho ya no existe ninguna, ¿sabes como se hace un bebé? ¿O quieres que te lo explique? ¡Si quieres podemos hacer uno en el asiento trasero! —explicó ella, y se reía a carcajadas de Tobías.

Él, se ruborizó y dijo. —Sé cómo se hacen. No hace falta que me lo expliques.

—Mm, quedaste pensando en lo del asiento trasero, es como lo imaginaba, jamás tuviste sexo en el asiento trasero de un auto. Por tener cientos y cientos de años, no has experimentado todo ¡Luego te enseñaré! —muy risueña le hablaba ella.

Tobías, no podía creer el carácter de esa mujer, decidida, sin miedos y sin rodeos. Hermosa, inteligente, era demasiado perfecta para ser real.

Luego de una media hora, ella le dice. —¡Llegó a su destino vaquero! Cuidá de mi hijo. Me mantendré alerta y estaré cerca. Cuídate, quiero que regreses con mi hijo, sano y salvo.

Tobías, le promete regresar con Theo. Se dio media vuelta, y la ve sentada sobre el capot del Lamborghini rosa, cruzada de brazos.

Se vuelve a ella, la toma entre sus brazos, la besó, bajo su mano hacia su cintura y la trajo hacia sus partes inferiores, apretándola junto a su cuerpo, ella, lo toma del cuello y lo vuelve a besar y le dice. —¡Te quiero completo!

Él, sonríe, bajó la mirada y le dijo. —Hasta que tu hijo se entere, y me haga añicos.

Capítulo 5

Justo a tiempo, Tobías llegó para reunirse con el grupo para ir a conocer las Ruinas de San Ignacio. Le explicó al guía que se había quedado dormido, pero con ayuda, logró llegar hasta el punto de salida. Se incorporó al grupo, buscó a Theo.

El joven da media vuelta y al verlo, se le acerca. —¿Dónde estabas? Anoche, desapareciste de la fiesta ¿Te ocurrió algo?

TOBÍAS. —No me sentía nada bien. Y es la primera vez que me quedo dormido.

THEO. —¿Leíste el periódico?

TOBÍAS. —Sí, ese idiota, seguro fue él ¿Dónde está ahora?

THEO. —Por allá, está con Niska. Igual, ya no me importa, anoche me súper divertí ¡Los pases muy bien! ¿Estás bien? Estás algo extraño.

TOBÍAS. —¿Extraño, yo? Para nada, estoy muy bien.

THEO. —Te lo pregunto porque me hablas y bajas la mirada ¿Pasó algo que no quieres que me entere?

TOBÍAS. —No, ¿qué podría haber pasado?

THEO. —No lo sé, en verdad, estás algo extraño.

TOBIAS. —No, estoy cansado. Este tema de la bruja, y cuidarte a ti y a Tadeo. No es tarea fácil. Pero es mi trabajo, eres el último de los condes que queda, eres mi obligación.

THEO. —Lo decís porque no eres padre. Jamás has tenido hijos. Y de todas maneras no necesitas cuidarme, me sé cuidar yo solo. Los padres hacen eso, cuidar de sus hijos, mi padre era el mejor del mundo. Y lo extraño.

TOBÍAS. —No sé que tanto te cuidas. Desde que llegamos, han aparecido animales mulitados, la gente no para de comentar el asunto.

THEO. —Bueno, es mi naturaleza, igual, no he dejado huellas. Dicen que puede ser un chupacabras.

TOBÍAS. —Ese es tu sobrenombre ahora, el chupacabras. Así te voy a llamar de ahora en más ¿Qué sucedió con tu padre? Si me lo quieres contar.

THEO. —En verdad, no vas a leer mi mente. ¿Jamás pensaste en casarte?

TOBÍAS. —No, no lo haré, podríamos intentar tener una charla como personas normales, sin trucos. No, jamás lo he pensado. Es difícil para nosotros. He tenido mis amoríos, soy hombre, pero me he acostumbrado a la soledad.

THEO. —Está bien, podríamos conversar sin trucos. Me gusta tu idea. Mi padre murió, por salvarnos la vida; vivíamos en Massachusetts, era la época que mataban a las brujas y brujos. Era pequeño, cometí el error de usar mis dones en la calle. Nos acusaron de hijos del demonio, de ser seres oscuros. Él, murió bajo una estaca de plata, dando pelea. Fueron a cazarnos al castillo, como si fuéramos animales, él, luchó por salvarnos la vida a mi madre y a mí. Tuvimos que huir de allí.

TOBÍAS. —Lo lamento mucho.

THEO. —No hay nada que lamentar, ahora lo superé, viví casi trescientos años con eso en mi mente. Él, me dijo que ya habría vivido demasiado, que ya había visto todo. Y que los buenos tiempos y la paz, llegaría para nosotros.

TOBÍAS. —Y tu madre, ¿jamás se volvió a casar?

THEO. —Esmeralda, tuvo sus amoríos, todos idiotas, ninguno de su talla, nadie está a la altura para estar con mi madre.

TOBÍAS. —Lo dice ella, ¿o ese es tu pensamiento?

THEO. —Es mi pensamiento. Igual, no quiero que pase la eternidad sola, pero no ha sabido distinguir de un idiota y un estúpido ¿Por qué me preguntas por ella?

TOBÍAS. —No, creía que ella, se había casado y que tenías un padrastro, como le suelen llamar ahora.

THEO. —Le llueven los candidatos. Ella, nada más se divierte.

TOBÍAS. —Debo ser sincero contigo, necesito que tengas todos tus sentidos bien despiertos, creó que algo puede sucedernos mañana, en la excursión nocturna a la Garganta del Diablo.

THEO. —Ya lo sé. No hace falta que me digas nada. Tuve una visión, vi la muerte de Tadeo.

TOBÍAS. —Pero no podemos hacer nada.

THEO. —Si, como poder se puede, hay una forma, y es tratar de evitarla. Le prometí a ese patán que no lo iba a dejar morir.

TOBÍAS. —A veces, no conviene prometer cosas, que quizás no podamos cumplir.

Habían llegado a destino, Theo, se fue con su grupo de amigos, invitó a Tobías a estar con ellos, pero este, no quiso.

Recorrieron las Ruinas de San Ignacio, un bellísimo lugar. Primero, atravesaron los pequeños pueblecitos hasta llegar a las imponentes ruinas. El guía, les explicó en que siglos fueron descubiertas, la vida, y las costumbres de los aborígenes y jesuitas de la región.

Tobías, se ríe y susurró por lo bajo bromeando con Theo. —Si estaré desmemoriado que no recuerdo por donde andaba en 1897, y menos en 1940.

Theo, lanzó una carcajada y expresó. —¡A la mierda! Estas ruinas son unos bebés al lado tuyo.

Theo, le pidió a Tobías, que le tomará algunas fotografías con sus amigos.

Tobías, lo miro asombrado y dice: —¡Es broma! ¿Quieres que te tome una fotografía? No saldrías en ella.

Theo, se reía a carcajadas le da una palmada en la espalada y entre risas dice: —¡Por supuesto que estoy bromeando contigo! No puedo tomarme fotografías ni verme hermoso rostro en el espejo.

Tobías suspiró y dice: —¡Eres muy modesto!

—¡Si, lo soy! —afirmó Theo— El mundo y las redes se pierden de ver esta belleza escultura.

Leo, los interrumpe y dice: —¡Theo, ven a tomarte una fotografía con nosotros!

Theo sonríe y dice: —No me gustan las fotos, y tú lo sabes.

—¡Ya lo sé! «**Te roban el alma**» —repitió Leo resignado— Es lo que siempre nos decís para no salir en las fotos.

Luego, fueron a conocer las minas de piedras de la ciudad de Wanda.

—Ya conozco todo esto —confesó Tobías— Hice este viaje muchos años atrás. Pero las cosas no han cambiado por aquí.

Theo, lo mira, le sonrió y lo cuestionó. —¿Y qué hay de misterioso allí, sabelotodo?

Tobías, se acomoda su cabello y le anunció. —Son cuevas, allí, puedes encontrar y ver gemas, hay muchas de ellas, amatistas, cuarzo lechoso, cristal de cuarzo y muchas más.

Theo, lo miró sorprendido y aseveró. —¡Me dejaste sin palabras! —y le planteó— Hay que tener cuidado con Tadeo, va a querer tomar todas las que pueda en sus bolsillos.

Ambos se reían a carcajadas. A Theo, le caí muy bien su protector. Era un buen sujeto, y le resultaba un tipo amigable.

Tadeo los interrumpió y manifestó su enojo, decía sentir que ellos lo evitaban.

—¡Hablando de roma! —comentó Tobías.

Tadeo se cruza de brazos y ofendido y planteó. —Ahora se hace el chistoso, el Señor con cara de vinagre.

Ingresaron a las cuevas. Y allí, Theo, notó que Tadeo, no llevaba consigo su medalla. Le tocó el hombro a Tobías, y le hizo una seña, que observara a su amigo, quien no llevaba su dote de la suerte.

—¿Tadeo, tu medalla? —le consultó Tobías.

—Se me cortó la cadena, la tengo aquí en mi bolsillo —le contesta Tadeo.

—¡¿Y tu novia?! —lo interrogó Theo.

—Se quedó allí afuera, dice que no le gustan estas cosas. Le da un poco de claustrofobia —les contó Tadeo.

—No le creo una palabra —cuestionó Theo— Si lograrás ver lo que nosotros vimos, cambiarías tu opinión con respecto a ella.

Tobías, los interrumpe. —No empiecen otra vez, al menos esperen que nos vayamos de aquí.

La aventura en la cueva, estuvo muy entretenida para todos, al salir, Tadeo y Theo, bromeaban con Tobías, porque un grupo de tres mujeres mayores, que eran parte del grupo de la excursión, no dejaban de mirarlo.

—Aquellas Señoras, no te sacan la mirada de encima Tobías —le comunica Tadeo.

—Al lado tuyo, son unas adolescentes de 20 años, ja, ja, ja —se le burlaba Theo.

Tobías, movió su cabeza resignada y dice. —Pueden reírse todo lo que deseen, no me afecta.

Niska, estaba sentada, escuchando música, con su iPod, esperando al grupo. Le sonríe a Theo, intentó buscarle charla, pero él, la ignoró. Esa indiferencia, a ella le molestó mucho, entonces lo siguió por detrás y le comentó.
—¡Esmeralda! Está aquí, y pasó la noche en el cuarto de tu protector —le apretó el brazo con mucha rabia y siguió— No hace falta aparentar algo que no eres, lo sé todo, sé lo que eres. Y así como le dije a tu amiguito, te lo repito, estas lunas, serán las últimas que verás, al menos, que te unas a mi equipo.

Theo, la miró a los ojos, logro ver el odio de su alma y le manifestó. —No soy tarado, sé que mi madre está aquí. También sé, que estuvo anoche con Tobías, puedo oler a mi madre a muchas distancias, y no me importa lo que haga de su vida, ya son grandes, demasiados, diría yo, y sé lo que eres, a mí no me vas a engañar, y cualquier plan que te traigas entre manos, no funcionará conmigo. No te tengo miedo, y jamás caeré en tus garras como lo hizo Tadeo.

—Me has hecho reír, Tadeo, un pobre ingenuo que cayó a mis pies como un gran tonto. Un ser inseguro de sí mismo y fácil de manejar. Él, me brindó la información que me faltaba ¡Te vas a arrepentir, Barthory! —le gritó enfurecida— Cuando Boi despierte, vas a suplicar por tu alma vacía.

—¡Maldita loca! —murmuró entre dientes y se alejó de ella.

Tadeo, estaba cerca, parado, observando y escuchando todo. Niska, se reía a carcajadas, porque sabía que él, estaba presente, se sintió mal, y sintió que en verdad era débil. Y que había caído como un ingenuo en la trampa

Capítulo 6

A la noche, iban a recorrer las Cataratas del Iguazú, en un magnífico recorrido nocturno bajo la luna llena, se iban a embarcar a través de la jungla. El Paseo de la Luna Llena, era una épica visita al Parque Nacional Iguazú.

Tadeo, estaba mal por lo que había oído de boca de Niska. —¡Me siento un completo idiota! —le expresó a Tobías, mientras ambos compartían una cerveza en el bar del hotel.

Tobías, le da una palmada y le dice: —Hay cosas peores, fuiste seducido y jugó con tu mente.

—Quedé como un completo idiota, tú y Theo, lo sabían y no mencionaron nada —murmuró entre dientes Tadeo.

Tobías, arqueó su ceja y suspiro. Meneó su cabeza de un lado a otro y le dijo. —Ya sabes la verdad, de como es Niska, como piensa y actúa, y cuál es su plan. Todo queda en tus manos ahora. Nada en ella es real, ella solamente te deja ver que lo quiere, juega con tu mente.

Al decir aquellas palabras, Tobías, lo observaba y sintió pena por él.

Theo, ingresó al bar y se les acercó, tomó una silla de la barra que estaba desocupada, le pidió al barman un trago y les dice: —¡Con que aquí estaban! ¿Tadeo, sucedió algo? Te perdí el rastro a la salida de las Minas de Wanda.

Tadeo suspiró y bajo la mirada. Theo, al leer su mente, había comprendido todo. Se sienta a su lado, le da una apretón en el hombro y le dice: —¡No hace falta que digas nada! Hay que unirnos, y encontrar el modo de destruirla.

Tadeo, confundida pregunta: —¿Quién es BOI? O mejor dicho, ¿qué es?

Theo y Tobías se miraron uno al otro, pero fue Tobías, quien tomó la iniciativa de narrar la historia. —Es una leyenda —afirmó Tobías— Al menos eso creía hasta hoy. Dicen que BOÍ, es comúnmente, una versión de Satanás, tomó forma reencarnándose en una serpiente, la comunidad de la zona debía ofrecerle una doncella en sacrificio, y de esa manera, él, se alimentaba y a cambio no destruía su ganado ni siembras. BOÍ, fue encerrado por una bruja hace miles de años, y dicen que yace aquí, en el río Iguazú, despierta cada 200 años. Por eso, el agua se dividió en dos partes, dando nacimiento a la garganta del diablo, también dicen que aquellos que deseaban poder, harían sacrificios allí.

Theo, se rasca el mentón con su mano derecha y dice:
—Entonces, lo que Niska quiere es pedirle algún deseo. Y dar una ofrenda a cambio. Pero la leyenda dice que debe ser una doncella. Yo soy un conde.

—¡Es casi igual! —expresó Tadeo— No importa si eres conde o doncella, lo que importa es el linaje, y tú, mi querido amigo, como ofrenda eres muy poderoso.

—Según mis cálculos, esta noche se cumpliría 200 años de la última vez que se vio a la serpiente nadando estas aguas. Luego se pierde en la garganta del diablo —comentó Tobías.

El barman del hotel, muy por arriba, logró oír algo de la conversación, e interrumpió al trío dando su versión de la leyenda. —No pude evitar oír que nombraste a BOI —dijo el barman, mirando fijamente a Tobías— Y tu versión de la historia no es así. Aquí, es una leyenda muy conocida, todos saben de ella. Se las voy a contar, luego ustedes sacan sus propias conclusiones.

Theo, levanta la mirada y miró al joven, quien vestía camisa blanca y chaleco negro, llevaba un rodete en el cabello, al mirar aquellos ojos negros, logró ver su alma, sus alegrías y hasta sus miserias. Era algo que detestaba hacer, pero era parte de su naturaleza, agachó la mirada y quedó algo pensativo.

— Me llamo Agustín, pero mis amigos me dicen Gus

—se presentó el joven barman. Luego les sirvió un par de tragos más.

—¡Así que conoces otra versión de la leyenda! —insistió Tobías— ¡Soy todo oídos!— al decir aquello, se concentró en oír al joven.

Los tres lo observaban muy ansiosos, a la espera de conocer el lado B de la historia. Se acomodaron en sus sillas y Agustín, comenzó su relato.

—La leyenda de BOÍ, aquí en Iguazú, es una de las más bellas —comentó el muchacho y prosiguió— Según la leyenda guaraní, hace muchos años, en el río Iguazú vivía una gran serpiente llamada BOÍ, a la cual la comunidad indígena debía ofrecerle una doncella en sacrificio arrojándola al río.
Para realizar ese ritual se convocaron a todas las tribus indígenas de la zona, pero hubo un año, siendo el jefe de una de las tribus, el cacique Tarobá, sucedió algo inesperado.
Al conocer a la doncella que debía ser entregada a la gran serpiente, este se enamoró profundamente. Trató de convencer a los demás caciques de que Naipí, como se llamaba la joven, no fuera arrojada al río, pero no logró convencerlos, Naipí, sería sacrificada. Pero Tarobá no se rindió.

Tadeo, interrumpe al joven y preguntó. —¿Entonces es una historia de amor? ¿Qué tan grande es el poder de BOÍ? Nosotros creíamos que se llamaba "Bío".

Agustín, arqueó su ceja y dijo. —Es una historia de amor, pero no termina ahí. Y la serpiente tenía un gran poder oculto y maligno, capaz de destruir a todas las tribus, y están equivocados, se llama **BOÍ**— Y continuó relatando la historia—Tarobá, no se rindió, y la noche antes del sacrificio, raptó a Naipí. Juntos escaparon en una canoa y navegaron por el río Iguazú. Enterada de lo sucedido, la serpiente partió con su cuerpo al río en dos, dando lugar a las cátaras del iguazú, donde Tarobá y Naipí, quedaron atrapados.

Boí, convirtió a Taroba en un árbol justo encima de las cataratas y la caída del agua representa la cabellera de Naipí. Hecho esto, la serpiente, Diosa del río, volvió a sumergirse en la garganta del diablo, de la cual es su protectora. Dicen que ella vive, y que se esconde en las partes bajas de las cataratas, y desde ahí, vigila que los amantes no vuelvan a unirse jamás. Naipí fue transformada en agua.

Los tres quedaron boquiabiertos y Tobías, dijo: — ¿Entonces, Boí, es una mujer?

—¡Exactamente! —afirmó el barman.

—Entonces, Niska, buscará despertarla, tomar su poder. Pero... si la leyenda habla de dos enamorados, entonces tú, Theo, no creo que seas el sacrificio que busca —dijo Tobías.

—En parte, me da tranquilidad y a la vez no, si no soy su mira para el sacrificio, ¿quién será? ¿Cuál será realmente su plan? —murmuró Theo, muy por lo bajo.

—¿Y yo, que tengo que ver? — preguntó confundido Tadeo.

—Fuiste el lazo, para llegar a nosotros. Y así ella asegurarse de lo que éramos y lo que ella necesitaba. Y estaba esperando desde hace tiempo —murmuró Theo Pero el plan sigue en pie. Tadeo, iras con ella, como un perrito faldero a su merced. Y trata de ingresar a su mente, debe tener alguna debilidad.

Planearon los tres como iban a actuar ante Niska. Y el plan que tenían para destruirla. Tadeo, debía seguir al lado de Niska, actuando como si no supiera nada, como un incrédulo. Pero lo que le preocupaba a Theo, era que él, había visto su muerte aquella noche. No iba a mencionarlo, solo estaba concentrado en ver como iba a salvarlo.

Mientras organizaban su modus operandi, Tobías estaba distraído. Escuchaba la voz de Esmeralda, quién le hablaba. En algunas ocasiones, él, se reía nada más.

Theo, lo mira y meneo su cabeza de un lado a otro. Sabía que su madre estaba allí.

Capítulo 7

Llegó la hora de la gran odisea nocturna, eran las 20: 45 pm, todos estaban esperando al autobús que los llevaría desde el hotel Iguazu Jungle, hasta la Garganta del Diablo, recorrerían gran parte del camino en el tren ecológico.

Theo, fue con su grupo de amigos. Mientras que Tadeo, fue junto a Niska, a lo cual se reusaba ir con ella, pero en este caso, él se había convertido en la carnada. Por su parte Tobías, iba atento a cada paso.

—¡Será la mejor experiencia que vamos a tener! —manifestó Leonel, muy animado.

—No es para tanto. Solo será un paseo nocturno —comentó Theo.

—¿Te sucede algo?, le pregunto Leonel— Estás algo inquieto, y se te ve bastante preocupado. Te recuerdo que fuiste tú quien quería ver las cataratas de noche, y el que convenció al grupo.

Theo, sonrió y dice: —¡Estoy bien, no pasa nada! ¡Solamente estaba bromeando! ¡Será realmente fantástico!

Llega el autobús, el guía presentó al guardaparque que los acompañaría aquella noche.

Tadeo se acerca a Tobías y le susurra —Dicen que es un máximo de 15 personas por excursión.

Tobías, arquea su ceja y dice. —No soy sordo, oí todo lo que han hablado ¿Qué sucede, estás con miedo?

—¡No, no tengo miedo! Me extraña que preguntes algo así —dijo Tadeo e inflaba su pecho y se para bien erguido.

Tobías, que estaba parada a su lado, con los brazos cruzados, suspiró y meneo su cabeza de un lado a otro.

Todos subieron muy entusiasmados, sin pensar, que aquella noche, no sería solo una odisea nocturna.

Natalia Giagnorio

Al llegar a la Estación Garganta, todos subieron al tren ecológico, en su paseo, se encontraron con las sombras, aroma, y los sonidos característicos de sus habitantes. El guía, iba narrando un poco de las maravillas del lugar.

Al llegar, se encontraron con un viejo puente de madera, y estaba en mal estado, por lo cual debían tener mucho cuidado. Aquel trayecto los llevaría hasta el Balcón de la Garganta del Diablo y al mirador.

Niska, iba muy risueña conversando con Tobías, y él, intentaba disimular los nervios que lo acechaban por dentro; mentalmente, Theo, iba hablándolo e intentaba mantenerlo tranquilo.

—Estoy asustado —comentó Tadeo— Ya no puedo mirarla como antes, esta chica me aterra. Amigo, me arrepiento de todo esto.

—Síguele el juego, actúa natural —le recordaba Theo a su amigo.

—Tengo una mala espina —insistió Tadeo— Creo que puedo ver mi muerte a tan solo tres pasos.

Iban caminando en fila india, cada paso debía ser muy precavido. En mitad de la fila, Niska, se detiene y miró hacia abajo. Se da media vuelta y mira a Tadeo, con una amplia sonrisa en su rostro le pregunta. —¿Cuántos metros habrá hasta allí abajo?

—No lo sé —respondió él, con su voz un poco quebrada— ¿Por qué lo preguntas?

—Solamente por curiosidad —dijo ella— ¿Te dan miedo las alturas, verdad? Es por eso que desde que llegamos, has evitado bajar la mirada.

—No, no me dan miedo las alturas —insistió Tadeo.

Ella, lo toma de la mano, le sonríe y al mirarlo a los ojos, su color y su expresión habrían cambiado —No podés mentirme, eres un cobarde, te aterran las alturas, sé lo que eres, un ladrón, estafador y mentiroso.

Tadeo la mira y algo nervioso le pregunta —¿Cómo la haces? No he podido leer tu mente. Si sabías la verdad todo el tiempo ¿Por qué te acercaste a mí?

—¿Estás admitiendo que eres un mentiroso e impostor? —preguntó ella de manera irónica y cruel —No te quieras pasar de listo conmigo. Todo este tiempo sabía de donde venía tu "poder de psíquico", al igual que tu amigo él chupa sangre. Sé toda la verdad de ustedes. La madre de ese creído mato a mi madre. Y ahora es tiempo de que vea como yo destruyo su vida. Que sufra lo mismo que yo sufrí.

—¿Se trata de una venganza? —preguntó e insistió Tadeo — Yo no te he hecho nada malo. Creí que eras buena y amigable. Confié en ti. Me decepcionaste, ahora veo lo que eres. Pero es un alivio que muestres tu verdadera cara. Esto eres, ¿verdad?, una arrogante, mentirosa manipuladora, codiciosa que solo quiere poder, y cobrar venganza.

—¡Si, lo soy! —afirmó Niska— Este mundo está llenos de cobardes, asesinos, gente que naturalmente no son humanos, como tu amigo el Conde, ellos no son humanos, son monstruos de la oscuridad, es algo antinatural que vivan y se mezclen entre nosotros. Tarde o temprano te van a traicionar, corre por sus venas. Eres tan ingenuo.

—Tu poder también es antinatural, al igual que el mío — comento Tadeo.

—Tu poder no es de nacimiento, no eres nada ni nadie, sino fuera por esa medalla serías un ratero de cuarta, o quizás ya estarías preso— comentó ella— En cambio, mi poder si es natural, nací con él. Y no es inhumano, yo voy a morir y envejecer, en cambio, ellos no lo harán. Esa maldita zorra mató a mi madre, la raptó y su hijo bebió hasta la última gota de sangre para alimentarse. Esa imbécil se hizo pasar por la amiga de mi madre, luego la traicionó y la entregó a su hijo. Ya me cansé de hablar contigo, me aburres.

Tadeo, intentaba hablar, pero todo su cuerpo estaba como paralizado.

Y Niska, siguió —Sin tu medalla, esta medalla (se la arranca del cuello), ya no eres nada. Un simple mortal. A ellos, no les importa tu vida. Te han engañado ¡No vales nada! Si me hubieras escuchado, no estarías en esta patética situación. Saludaré a tus padres por ti.

De un empujón, Niska, lanzó a Tadeo desde la altura. Las personas que estaban allí, lo vieron caer. Comenzaron a gritar a coro desesperados —¡Dios mío, que alguien lo ayude!

Theo, intentó impedirlo, dio un salto por el aire, hasta llegar donde estaba Niska parada, observando como caía Tadeo, pero no lo logró. Enfurecido, tomó a Niska del cuello, y esta, se reía a carcajadas en su cara.

—No puedes reprocharme nada, tu mismo, viste su muerte, y no hiciste nada para impedirlo. Te quedaste parado, mirando como caía al vacío ¿Qué harás ahora? —dijo ella, entre risas que destapaban toda su maldad.

—Quizá, no pude impedir que cayera, pero voy de evitar que despiertes a Boí, y que uses su poder para tu beneficio personal —le gritó Theo, mientras seguía apretando su cuello.

La gente retrocedió corriendo, buscando la salida, el puente comenzó a moverse de un lado a otro.

Niska, logra zafar de las manos de Theo, le da un puñetazo en el rostro, y le quema su pómulo con una cruz de plata. Éste se toma el rostro con ambas manos.

Ella, se le acerca y le susurra en el oído —Sin tu medalla de protección, ya eres una presa fácil. Duele, ¿verdad?, ¿te quema? Eres lento e ingenuo —le muestra su medalla de protección, que se la arrebató cuando él, la toma del cuello, sin que este se diera cuenta.

Se repone de un salto, y le da una patada, haciéndola caer. Ella, se pone de pie rápidamente, comienzan a pelear y a forcejear.

Ella, da un salto elevado en el aire, mira hacia abajo, vio una gran roca y descendió al agua. Theo, miró hacia abajo, allí, parada sobre la gran roca, comenzó a repetir algunas palabras, como si fuera una especie de ritual.

Tobías, en su momento, cuando vio caer a Tadeo, se lanzó hacia las aguas para poder salvarle la vida.

Mentalmente, le dice a Theo. —Impide el ritual. No dejes que despierte a Boí. Debes matarla.

—Jamás he matado a un ser vivo —reprochó Theo— ¿No hay otra manera?

—No hay otra manera, Theo, debes matarla —insistió Tobías.

—¿Cómo está él? —preguntó Theo —¿Sobrevivió a la caída?

—Estará bien —dijo Tobías —Fue solo la caída. Está un poco golpeado, pero al menos no morirá. Voy a subirlo.

Entre susurros, Tadeo, intentaba decir algo. —Respira muchacho, estarás bien. Voy a subirte y pedir que te lleven a un hospital. Son solo unos huesos rotos —manifestó Tobías.

—No quiere a Theo, es una trampa. Te quiere a ti, y a su madre —murmuró Tadeo— Pude leer su mente, antes de que robará mi medalla. Es una venganza, dice que Theo mató a su madre porque Esmeralda se la entrego en bandeja.

—No te entiendo ¿Por qué quiere a Esmeralda? —insistió Tobías.

—La leyenda, el amor, el sacrificio, tú y Esmeralda, son la clave. Hará que Theo caiga en una trampa, le hará creer que él mató a su madre —repitió Tadeo.

Capítulo 8

En la Garganta del Diablo, había una batalla entre Niska y Theo. De repetente, él moviendo del agua se detuvo, y una gran serpiente de dos cabezas emergió de las aguas. Su color dorado y sus grandes ojos verdes, iluminaron aquella noche la Garganta del Diablo, opacando la luz y el brillo de aquella luna.

Theo, quedó paralizado, vio como la gigantesca serpiente se le acercó, lo observaba muy cuidadosamente. Estaba quieto, trataba de no respirar y murmuró —De los miles de años que tengo, jamás vi nada igual.

Niska, se acercó a la serpiente y muestra reverencia.

Mientras tanto, la gente del tour, que estaban arriba, observaban aterrados a la serpiente; y uno de ellos dice.
—¡Toda mi vida creí que era una leyenda!
Todos estaban tratando de capturar aquel momento con sus celulares.

Tobías subió a Tadeo, le pidió al guía que sacara a las personas de la zona y que llamaran a una ambulancia para Tadeo. Aterrado, el guía afirmo con su cabeza.

—Gran Boí, soy Niska, una fiel sirvienta a su merced. Ahora que he logrado despertarla de su sueño eterno, solo deseo ser inmortal, y gobernar el mundo —dijo Niska.

—Puedo brindarte eso, y mucho más —dijo Boí— Pero ¿qué me darás a cambio? Quiero una mujer, bella, apasionada y enamorada, y a su caballero, que esté dispuesto a enfrentarme por defender a su amor. Y que veo aquí, únicamente un muchacho, sin alma, con muchos siglos vividos, pero con un gran poder, pero... no me alcanza. No es lo que deseo.

—Él, no es el sacrificio que te daré, el sacrificio caerá aquí por si exclusivamente —dijo Niska.

Theo, comprendió todo, y pensó, como no vio venir todo aquello, él era nada más el señuelo, y sintió pudor al imaginar a su madre y a Tobías juntos.

Niska, se arroja encima de Theo, e intentaba clavar en su pecho una especie de talismán, para lograr desvanecerlo y robar su poder, hasta llevarlo a la muerte. A pesar de que su contextura física era mucho más chica que la de Theo, poseía mucha fuerza y se notaba en sus ataques sus habilidades de pelea. Logró herir su hombro y brazo derecho.

Cuando Theo estaba intentando defenderse de Niska, esta cae al agua. Un golpe inesperado la tomó de sorpresa.

—¡No te metas con mi hijo! —gritó Esmeralda enfurecida— ¡Mientras yo viva, nadie le hará daño! ¡Maldita zorra! —dio media vuelta y se dirige a su hijo —Theo, ¿te encuentras bien? Con ese talismán iba a robar tu esencia, hasta lograr matarte.

Theo, se sobrepone y le pregunta a su madre —¿Existe una forma de matarme? Creí que éramos inmortales.

—Tú y Tobías son inmortales —reprochó su madre —Yo solo tengo él obsequió de poseer un poco de su sangre, recuerda que no soy como tú. Y sí, existe una manera. Ese talismán está compuesto por plata líquida en su interior.

La serpiente, al ver a Esmeralda, intentó atacarla por la espalda, mientras ella, esquivó la mordida de la serpiente, vio como su hijo le cubría las espaldas tratando de pelear con Boí para evitar que se le acercará.

Niska, salió del agua parándose nuevamente sobre aquella gran roca, donde según los lugareños, poseía el alma de Naipí; nuevamente, como una loca, a los gritos, se abalanzó e intentó atacar a Theo, quien la tomó con fuerzas, y estaba dispuesto a beber hasta la última gota de sangre hasta secar su cuerpo. Estuvo a centímetros de morder a Niska, cuando el grito de su madre hizo que se detuviera.

—¡No lo hagas, hijo! —gritó Esmeralda aterrada— No te olvides de tu pacto de honor.

—"¡¿Pacto de honor?!" —preguntó Niska —Cuando mataste a mi madre no tuviste un poco de piedad, no tenías honor en ese momento.

Algo perdido y confundido Theo le dice: —No sé de qué me hablas, yo no mate a tu madre.

—No te hagas la víctima Bathory, tu madre te la sirvió en bandeja como si fuera un pastel —le gritó Niska, esta dejo que Theo pueda leer su mente.

Allí, Theo vio el rostro de la madre de Niska. Intentaba recordar la situación. Él estaba muy enfermo, necesitaba alimentarse, su madre, ante la desesperación de perderlo, le hizo una trampa a su asistente, sabía que tenía un extra de poder al ser una vidente. Esmeralda no lo hizo por maldad, como una madre desesperada hizo todo lo que estuvo a su alcance para salvar a su hijo.

Theo, confundido, quería disculparse ante Niska, estaba bajo un hechizo y susurró: —No lo sabía, no sabía que era tu madre. No fue mi intención lastimarla. Se dejó caer, y Niska lo hirió por la espalda con una daga.

—¡Theo! —gritó Esmeralda desesperada —No le creas, eso no es verdad, esas imágenes que trata de hacerte ver son una trampa. Tú no mataste a su madre, son solo visiones, ella está jugando con tu mente —le advirtió a su hijo y le gritaba con desesperación para que este reaccione.

Theo suspiró, se dió cuenta que era una trampa, gracias a Esmeralda pudo reaccionar ante aquel embrujo, al voltear vió como su madre intentaba escapar de Boí, quién la estaba apretando con su cuerpo y gritó. —¡No me importa tu pacto y tus tontas leyes absurdas! ¡Ya estoy cansado!

Theo, mordió a Niska, esta sintió como los colmillos de él, atravesaban su carne hasta lograr atravesar sus frágiles venas. Pensó que ahora que había sido mordida, lograría convertirse en un vampiro, pero para esto, debía lograr escapar de la fuerza que ejercía Theo sobre ella. Peleaba con todas sus fuerzas para lograr escapar de aquel animal y su sed insaciable.

Por el otro lado, en la entrada de la gran gruta, que ahora estaba a la vista de todo el mundo, la despiadada serpiente, con su gran cola, logró golpear a Esmeralda, y aquel golpe logró la furia e ira de Tobías, quien saltó al cuello de la gran serpiente.

—¡Da un paso atrás! —le gritó Tobías a Esmeralda— Llévate a Theo, mantenlo a salvo.

—¡No! —se negó Esmeralda— No te voy a dejar solo aquí. Voy a luchar a tu lado.

—¡Vete, Esmeralda! —prometo que voy a estar bien— repitió Tobías una y otra vez.

Boí, intentaba sacar de su lomo a Tobías, y con toda su fuerza, saltó hacia arriba y se sumergió en las aguas de las

cataratas, al salir a la superficie, estaba algo herida, pero sin importar los cortes profundos que Tobías le había ocasionado, atacó a Esmeralda, esta se defendió, y su corazón se desesperó al ver que Tobías no daba señales.
Cuando Boí, ingreso al agua, Tobías había quedado enganchado en el fondo con algunas algas.

—¿Qué le hiciste a Tobías? Maldita —gritó Esmeralda.

Boí, se movía muy lentamente y susurró —El amor, te hace débil.

De un gran golpe, hizo que Esmeralda, se golpeará la cabeza entre las piedras de la gruta. Dejándola inconsciente

Capítulo 9

Theo, al oír el impacto del cuerpo de su madre, soltó a Niska y salió a rescatar a su madre.

—¡Mamá! —gritó desesperado.

Entre sus manos, tomó a su madre, pero esta no respondía. Enfurecido, y con su corazón herido, por creer que había perdido a su madre, se lanzó a Boí.

Mientras Tobías, logró emerger de la superficie, vio a Esmeralda, su amada, tirada en la roca. Cuando iba a ayudar a Theo y atacar a Boí, logró ver a Niska, quién iba al ataque a espaldas del Conde Báthory, habia perdido su bella forma humana, Tobías se anticipó y sacó de su bolsillo una estaca de plata y se la enterró en el corazón, dejándola caer en las profundas aguas de la garganta del diablo.

Ambos, unieron sus fuerzas y atacaron a la gran serpiente. Esta, malherida huyó de sus atacantes y se perdió en las profundas aguas de las Cataratas del Iguazú.

Theo, corrió a buscar el cuerpo de su madre. La tomó entre sus brazos y la llevó a tierra firme, esperando que ella despertara.

—¡Vamos mamá, no me dejes solo! Vamos, por favor, despierta —mientras lloraba le pedía a su madre que reaccionará. Hizo a un lado el largo cabello de su madre, dejando su pálido cuello al descubierto para ver si podía regresarla a la vida.

Tobías, le pide que se haga a un lado y le dice: —No puedes Theo. No funciona así. Es tu madre, no funcionará, la amo y no voy a dejarla morir. No voy a perder a la mujer que amo. Lo prometo ¡Confia en mí! —tomó a Esmeralda de la cintura, y muy cuidadosamente, mordió su cuello.

La serpiente se perdió en la garganta del diablo, no era solamente una leyenda, era real. Cada noche, Boi, observaba como era su costumbre, en las penumbras a los enamorados.

Epilogo

Cinco años después...

—Mamá, me voy a trabajar —gritó Theo, mientras se asoma al umbral de la cocina y justo ve a su madre y a Tobías a los besos y dijo —¡Vamos, no hagan eso! Es vergonzoso y asqueroso ver que están a los besos como si tuvieran 15 años ¿cuántos años tienes Tobías? 1500 —reprochó de manera irónica.

Tobías, lanza una carcajada y dice —Pero aun así, soy mucho más grande que tú, y no puedes quejarte, ya me estás alcanzando.

—Al menos yo no conocí a las momias como lo hiciste tú —reprochó Theo— Y eso, te hace mucho más antiguo que a mí.

Tobías le tiró un sobre. Theo lo miró, y exclamó —¡No puede ser! No cuenten conmigo, yo no volver jamás a ese lugar. No es mi trabajo, es tú obligación, vos solo te proclamaste protector y cuidador de esa fiera infernal.

—Yo solamente protego a la gente de los alredededores. Ella ahora está despierta, y es una amenaza constante— advirtió Tobías— Es nuestro trabajo ahora, ella despertó por culpa de nosotros.

—Te recuerdo que Boi no despertó por nuestra culpa, fue esa bruja quien la despertó de su profundo sueño —le recordó Theo.

—¿Y ustedes dos creen que va a dejarse ver? ¡No sean ridículos! La serpiente no va a salir de su escondite ahora que ha despertado. Y por cierto amigo, deja de regañar a tu madre, ¡Yo creo que hacen una hermosa pareja! —exclamó Tadeo, quién venía ingresando con su silla de ruedas hacia la cocina.

—¡Gracias, querido! —le agradeció Esmeralda, y lo saluda con un beso en la frente.

Theo, miró a su amigo y dice: —Mi pequeña hermana ¿verdad? Te dejó como un payaso, por si no lo has notado — y le alcanza un espejo para que vea su rostro todo pintado.

—Amigo, es arte. Tú no lo entenderías —dijo Tadeo —Y por cierto, mira tu rostro en el espejo, tienes un gran grano en medio de tu nariz.

Theo, arqueó su ceja, se miró en el espejo y había olvidado que él no podía ver su reflejo ni en el agua. Le da una palmada en el hombro y dice: —¡Tú y tus bromas!

Se despidió de su madre, de Tobías y de su mejor amigo Tadeo.

Mientras iba de salida, miró hacia la planta alta, su pequeña hermana lo saludaba desde allí.

Sonrió y agradeció por la larga y eterna vida que tenía. A pesar de que sabía que iba a ver envejecer a su amigo, sintió alivio de tenerlo a su lado y disfrutar de aquella amistad.

Datos del autor

Natalia Giagnorio, Argentina, Entre Ríos, Parana 30/07/1988.

Redes; Natalia Giagnorio (Facebook), @giagnorio88 (IG), giagnorio88 (página de autora en Facebook).

Obras anteriores:
* Adolescencia perdida (2020)
* Almas Entrelazadas (2020)
* La sicario (2020)
* El actor (2021)
* Wisely: el soldado fantasma (2021)
* Theolandia (2021)

Natalia Giagnorio

- Un amor italiano (2021)
- El psicópata (2021)
- Utopía (2021)
- Alani y el árcangel (2022)
- Líricas del corazón (2022)

www.ingramcontent.com/pod-product-compliance
Lightning Source LLC
Chambersburg PA
CBHW071923120726
48001CB00005B/1840